패션쇼를
지향하라

패션쇼를 지휘하라

모델에서 연출가로……
패션쇼 디렉터 함유선의 워킹 분투기!

함유선 지음

북하우스

꿈과 열정, 투지로 버텨라!

패션쇼 디렉터(Fashion Show Director)의 세계

패션쇼의 하나부터 열까지 도맡아 하는 직업

패션쇼 디렉터는 말 그대로 패션쇼를 진두지휘하는 사람이다. 패션쇼의 기획에서부터 진행, 연출까지 모든 부분을 총괄하는 직업. 디자이너와 의류 브랜드 등의 패션쇼를 맡아 기획·뼈대 구상부터 실제 쇼로 실현시키는 역할을 맡는다.

우선 클라이언트와의 미팅을 통해 쇼의 목적과 전반적인 콘셉트에 대한 오리엔테이션을 갖고 일정과 장소 선정, 소요경비 책정, 옷의 수량과 종류 선정, 모델 선정 등 패션쇼 전 부분에 걸쳐 연출을 위임받는다. 기본 테마 아이템만 주어지면 세세한 부분까지 관리하는 것도 패션쇼 디렉터의 몫. 사회자 멘트, 조명, 음향은 물론 무대설치와 테이블 배치까지 관리해야 하는 꼼꼼함이 필요하다.

미팅으로 시작해서 미팅으로 끝나는 일과

패션쇼 디렉터라는 직업의 특성상 매일매일이 불규칙한 패턴의 연속이다. 작업 때문에 밤새는 날도 많고, 끼니도 거르기 일쑤. 미팅으로 시작해서 미팅으로 끝나는 날이 많을 정도로, 오전 내부 팀 회의를 시작으로 클라이언트와의 미팅, 시스템 업체와의 미팅, 장소 미팅, 다음 행사 기획을 위한 미팅 등이 계속 이어진다. 내부 업무로는 기획서와 예산안을 정리하고, 스태프들 업무를 분담해주는 일이 있다. 사생활조차 일 속에 녹여야 할 정도로 24시간 내내 매달려야 하는 창조적인 작업이다.

체력은 기본, 조화로운 성격도 갖춰야

필요한 기본 자질 중 가장 강조되는 것은 체력. 요즘엔 15분간의 패션쇼 외에도 애프터 파티 등 행사 자체가 많이 길어진 편이라, 이들을 모두 준비해서 연출하려면 그만큼 체력도 더 필요하다. 또한 쇼를 준비하면서(규모에 따라 1~3개월가량 준비) 스타일리스트, 조명감독, 음향감독, 무대감독 등 여러

스태프와 호흡을 맞춰야 하므로 탁월한 의견조율 능력도 필요하다. 옷에 대한 감각보다는 여러 상황에 대처할 수 있는 순발력 즉 감각적인 처세술 또한 기본요건이다.

향후 패션쇼 디렉터 전망

최근 각종 이벤트 산업이 급부상하고, 쇼와 파티 문화가 점차 확산됨에 따라 전문인력인 패션쇼 디렉터 역시 신종직업으로 각광받고 있다. 과거 10년 전만 하더라도 패션쇼 연출자를 인정하는 분위기가 아니었지만 현재 국내에서 활동중인 패션쇼 디렉터가 스무 명 남짓이 될 정도로 성장했으며, 앞으로도 패션 업계에서 요구하는 연출 전문인력은 계속 늘어날 전망이다. 조만간 패션쇼 디렉터를 양성하는 전문기관이 생겨나고, 대학 학과도 개설되면 점차 등용체계가 정립될 것이다.

직접 현장에서 발로 뛰며 배우는 게 가장 빨라

아직 일정한 등용문은 없는 게 현실. 패션쇼 디렉터가 되고 싶다면 우선 패션쇼 진행요원 아르바이트나 보조역할이라도 해보길 추천한다. 배움의 길은 직접 패션쇼 현장에 뛰어들어 배우면서 일을 하는 게 가장 빠르기 때문이다. 일단 발을 들였다면 성공하겠다는 조바심을 갖기보다 차근차근 배워서 진정한 프로가 돼야겠다는 느긋한 마음을 가져야 한다. 얄팍한 정열만으로는 이 일을 할 수가 없다. 미쳐야 할 수 있는 일이 패션쇼 연출가임을 알아야 한다. 이런 사실을 알고 시작한다 해도 중도포기하는 사람 또한 많은 것이 현실이기 때문이다.

도움말 · (주)DCM 모델 컴퍼니(www.dcmmodel.com)

contents

15분, 그 영원한 긴장의 무대

모든 준비를 마치고 연출석으로 향한다…….

지금부터 시작될 15분간의 쇼, 그 모든 책임감에 어깨가
짓눌리는 기분이 느껴진다.

하나 둘 관객들이 입장하고, 나의 큐 사인과 함께
쇼장은 암흑 속으로 빠져든다.

드디어 우리가 준비한 패션쇼가 시작된다.

화려한 조명과 무대
그리고 디자이너의 개성 넘치는 의상,
그 의상을 표현해 내는 모델과 패션쇼를 만드는 사람들…….
이 모든 것이 한 사람의 큐 사인, 손짓 하나에 예술이 된다.

예술을 만들어 내는 것, 바로 패션쇼 디렉터의 몫이다.

1장

디자이너를 꿈꾸던 소녀,
패션쇼를 만나다

타고난 모델 체질?

옷에 대한 욕심이 유난히 많던 나의 꿈은 옷을 만드는 사람, 디자이너였다. 어느 날 월간지를 보다가 우연히 전속모델을 뽑는다는 광고를 보고, 만드는 사람이 아닌, 옷을 입는 사람에 도전하게 된 그때 내 나이는 스무 살이었다…….

집안 식구들 모르게 응모를 했다. 당시 재수를 하던 난 공연히 바람난 자식 소리를 듣고 싶지 않았기 때문에 일단 혼자만 알고 응모하기로 한 것이다. 하지만 웬걸, 1차에 합격한 뒤 어머니에게 말씀드리자 어머니는 진심으로 기뻐하시며 모델이라는 일과 나의 미래를 진지하게 받아들이며 함께 고민해주셨다.

그런 어머니와 동행한 최종심사, 많은 이들이 모인 심사장소에 서자 떨리기 시작했다. 나이가 든 지금도 나는 많은 사람이 모인 자리를 별로 좋아하지 않는다. 어떨 때는 스무 살이던 그때처럼 떨리기도 한다. 그토록 사람들에게 나를 드러내고 주목받기를 싫어하는 성격인 내가 모델이 되겠다고 했으니, 오빠가 무대에서 걷다가 넘어질지도 모른다고 말한 것도 무리는 아니다. 내 차례가 다가올수록 심장은 두근거리고…… 급하게 화장실에 다녀오고 숨도 몰아쉬어봤지

한창 모델로 활동하던 10년 전 사진 속의 나를 보면
그저 웃음이 나올 뿐이다.

만, 그래도 떨림이 멈추지 않아 결국 청심환을 먹어야 했다.

하지만 막상 내 차례가 되어 무대 위로 올라갔을 때는 담담해졌다. 나도 나 자신을 포기하고 될 대로 되라는 마음이 생긴 것 같다. 하늘이 도왔을까, 지금은 사라진 월간지지만 예전엔 꽤 괜찮았던 잡지에 1등으로 전속모델이 되었다. 그때 심사위원으로 오신 모델라인 이재연 회장님 소개로 전문 모델 양성기관인 모델라인에 들어갔고, 그 곳에서 3개월간 교육을 마친 뒤 나는 본격적인 모델 생활을 시작했다.

지금 생각해도 데뷔는 꽤 운이 좋았던 것 같다. 시작하자마자 각종 촬영과 쇼 등으로 눈코뜰새 없이 바쁜 나날을 보냈으니까.

내 심장소리만 들리던 첫 무대

잠시 잠깐 잡지를 보다가 얼떨결에 시작하게 된 직업, 모델. 처음엔 아무것도 모르는 상태에서 배워야 하니 힘든 점이 많았다. 그래도 하나둘씩 배워가며 모델이 응당 있어야 할 자리인 무대로 나가던 순간…… 난 지금도 맨 처음 쇼에 섰을 때를 잊을 수가 없다. 대선배들 사이에 막내 모델로 무대 위에 선 나.

모델은 선후배 관계가 철저한 직업이다. 나이가 많든 적든 경력에 따라 선후배로 정리가 된다. 일례로 하루에 같은 선배를 몇 번씩 마주치더라도 깍듯이 인사를 해야 하며, 또한 선배들이 함께 자리할 때는 항상 일어나서 의자를 내드려야 한다. 식사시간에도 도시락이 배달되면 벌떡 일어나 가져다드리는 것도 내 몫이었다.

그래도 선후배가 철저하던 그 시절이 나는 좋다. 후배가 잘못하면 선배들이 책임의식을 느끼고 야단을 쳐야 한다. 그러다 보면 후배들은 자연스레 선배들의 행동을 보고 배우게 되고, 더 나아가 모델로서의 직업의식을 느낄 수 있으니 좋지 않은가.

요즘은 많이 퇴색해버린 선후배 관계를 보면 아쉬움을 느낀다. 강압적인 분위기가 꽤 없어졌으니 좋다고 하면 좋을 수 있지만 윗사람 어려운 줄 모르는 요즘 세대의 모델들을 보면 안타까울 때가 많다. 자유로운 직업이라는 모델의 특성은 시간과 일하는 현장의 분위기에서 비롯된 것일 뿐, 자칫 개인의 특별한 재능으로 한정될 수밖에 없는 '모델'을 전문직업으로 끌어올린 힘은 바로 이 끈끈한 선후배 관계에 있다고 생각한다. 모델이라는 직업에 대한 자부심은 그때 그 시절이 컸던 것 같다고 느끼는 건 내가 구세대여서일까…….

첫 쇼를 맞아 여러 선배들과 함께 무대에 섰을 때 난 최종심사장에서 그랬듯 또 한 번 심장박동을 느껴야 했다. 더군다나 무대 위를 밝힌 조명 아래 서자 아무것도 보이지가 않고, 음악소리조차 들리지 않았다. 오직 나의 심장소리만 들리던 그 순간. 무대 위에서 나는 그 심장소리에 맞춰 걸을 수밖에 없었다.

패션쇼 디렉터로 활발하게 활동하고 있는 지금도,
문득 첫 쇼에 오르던 순간
무대 위의 심장소리가 들리는 듯하다.

　하지만 일단 그렇게 무대를 겪고 나자, 두 번째 의상을 입고 무대 위에 다시 섰을 땐 진정이 되었다. 난 내가 새로운 일에 참 빨리 적응한다는 사실을 그때 느꼈다. 새로운 일은 시작하기가 어렵지 막상 시작하고 나면 바로 적응할 수 있는 체질인 것이다. 세월이 꽤 흐른 지금, 그때보다 셀 수 없이 많은 일을 겪으면서 난 어느 장소에 어떠한 일로 있다 해도 적응할 자신이 생겼다. 물론 시작하기 전에는 두려움이 크겠지만.

　첫 쇼 이후 무대 위에서 느끼는 두려움은 없어졌다. 워낙 내성적인 성격이었기에 매일 만나는 많은 사람들이 버거운 건 여전했지만 그래도 매일매일 새로운 모델 일에 적응하느라 바쁜 나날들을 보내기 시작했다.

　모 디자이너 선생님의 피팅모델로 갔을 때다. 가봉단계(완성되지 않은 상태)의 의상을 입어보는데 속이 환하게 비치는 것이다. 입은 거나 입지 않은 거나 별 차이가 없는 그냥 그 상태라고 생각하면 된

16

다. 그런 의상을 입고 나를 이리 돌려보고 저리 돌려보고 하는
데…… 눈물이 핑하니 돌았다.

'내가 패션모델이지 누드모델인가…… 이게 뭔가…….'

내 몸을 다 드러낸 상태를 많은 사람들이 보고 있다는 생각에 난
어쩔 줄을 몰랐다.

당연한 그 일을 비로소 당연하게 받아들이기 시작한 것은 모델로
활동한 지 1년 정도 지나서부턴가였다.

그저 목이 말랐을 뿐인데……

그 뒤 7년간 정말 쉴 틈 없이 일을 했다. 화보 촬영, 카탈로그 촬
영, CF, 패션쇼…… 모델로서 카메라 앞에 서서 포즈를 취한다는 것
자체가 흥미로웠다. 내 모습이 매달 패션지 화보로 나온다는 것이
재미있었고 매번 다른 모습의 나를 볼 수 있어서 좋았다.

내가 나온 화보를 어머니가 하나도 빠뜨리지 않고 스크랩해두셨
는데, 지금도 가끔 스크랩을 들추어보면 옛날 생각이 나 웃음이 나
온다. 물론 지금보다는 훨씬 예쁜 모습이었지만. 모델 일을 그만두
고 10년의 세월이 흐른 뒤에 보는 모델로서의 내 모습은 그저 멋쩍
을 따름이다.

지금 생각해도 웃음이 나는 일화 가운데 콜라와 관련된 것이 있다.

나는 콜라 중독이었다. 고등학교 때부터 신경성 소화불량이던 나는 항상 콜라를 달고 살았다. 아침에 일어나면 제일 먼저 콜라를 마셨고 밥을 먹을 때도 물 대신 콜라를 마시고 갈증이 나도 콜라를 마셨다.

그런데 이런 내가 모 콜라 CF에 출연하게 되었다. 콜라를 실컷 마실 수 있는 일이 생긴 것이다. 지금은 모델에게도 매니저가 있어서 CF 촬영을 할 때는 끝날 때까지 매니저가 모델과 함께 있으면서 관리를 해주지만 내가 일할 때만 해도 그렇지가 않았다. 촬영하다 이동할 때도 자가용 아니면 촬영팀과 함께 가야 하는 시스템이었다.

장소를 이동하면서 거의 3일간 낮이고 밤이고 촬영을 한 것 같다.

마지막 날 마지막 촬영이 있던 밤…….

내가 촬영할 시간을 밖에서 기다리던 나는 목이 말라서 자판기로 향했다. 자판기에서 뽑은 것은 물론 콜라였는데, 내가 촬영하고 있는 상표는 아니었다. 별 생각 없이 콜라를 마시는데 광고주인 모 콜라 업체 관계자가 지금 안에서 찾는다며 들어가야 한다고 다가왔다.

그러다가 내가 들고 있는 콜라에 눈길을 멈추더니,

"허허, 무슨 생각으로 그걸 마시는 거예요? 지금 콜라 광고 찍는 거 몰라요?"

그러면서 구박(?)을 하는데, 무슨 딴 생각이 있어서 마신 건 아니지만 얼떨결에 구분 않고 마신 콜라 때문에 난 생각 없는 모델이 되고야 말았다.

창피하기는 했지만 그래도 돌아보면 무척 그리운 시절이다. 풋풋한 내 모습도 보이는 것 같고. 비약일지 몰라도, 사소한 일이더라도 사람은 항상 생각하면서 신중하게 행동해야 한다는 것을 가르쳐준 사건이기도 하지 않은가.

참고로 나는 콜라 중독을 서른다섯 살에야 버릴 수 있었다.

모델의 자존심을 걸고

운이 좋아선지 나는 시작부터 일이 많았다. 다양한 촬영을 하는 동안 여러 곳을 다녔고 경험도 많이 쌓게 되었다. 시즌을 앞서가는 직업이라 국내 촬영이 불가능한 시기에는 외국으로 나가야 했기 때문에 좋은 곳을 두루두루 볼 기회가 자연스럽게 만들어졌다.

당시에는 내가 좋은 직업을 가졌다는 사실을 느끼지 못했지만 그 시절이 지나간 지금 모델이란 직업을 평가해보면, 여자에게 모델만큼 좋은 직업은 없다고 생각한다. 다른 직업을 비하하는 뜻으로 말하는 건 아니고, 그저 내 직업에 대한 자부심에서 순수하게 자랑하는 것이니 이해해주시길. 모델이란 직업은 매일 출근을 해야 하는 일도 아니며, 여자의 큰 욕심 가운데 하나인 옷도 실컷 입어볼 수 있다. 게다가 좋은 곳은 어디든 가볼 수 있으니 정말 좋은 직업 아닌

나는 나름으로 내가 생각한 정도에서 벗어나버리면 거기에 반항
하는 성격이 있어 종종 자존심 강한 모델로 평가받기도 했다.

가. 하지만 모든 여자가 할 수 있는 일이 아니라 신체적 특정인(?)에게 주어지는 직업이니만큼 모델로 일할 수 있는 사람들은 자신이 얼마나 행복한지를 알아야 한다.

모델이 된 뒤 가장 먼저 관심이 있던 부분은 앞서 언급했듯 화보 촬영이었다. 내 모습을 바로 바로 지면을 통해 볼 수 있다는 것이 얼마나 흥미롭던지. 생각해보면 매번 새로운 메이크업과 의상을 통해 변하는 내 모습에 흥미를 느끼는 것은 당연한 일이긴 했다.

촬영 중에 생긴 일이다.

매 시즌별로 브랜드에서는 카탈로그 촬영을 한다. 그 당시 나는 일단 촬영을 하면 단발로 끝나는 일이 드물었다. 시즌마다 여러 브랜드의 촬영을 하다 보면 스케줄이 겹치기 마련이다. 지금은 매니저가 알아서 조정해주지만 당시에는 대부분 모델 개인이 해야 했다.

그런데 하필 겹치는 브랜드가 2년간 촬영을 하던 곳들이라 어디 한 군데를 포기하기가 어려운 상황이었다. 한 브랜드가 나흘간 촬영하는 작업이고, 그 가운데 하루가 겹치게 되었다. 양쪽 모두에 양해를 구해 나온 절충안은, 하루 동안 촬영하는 브랜드에서 새벽에 시작해 겹치는 시간을 세 시간으로 줄이고, 나흘간 촬영하는 브랜드에서는 함께 촬영하는 모델과 상의해서 조정을 해보겠다는 것이었다. (나와 함께 촬영하는 모델은 연예인이었다.) 하지만 잠시 후에 전해준 답변은 그 연예인이 싫다고 한다며 나에게 다른 쪽 촬영을 포기하라는 말이었다.

그 연예인은 기존에 나와 함께 작업하던 연예인에서 교체된 사람이었다. 나는 연예인이라는 이유만으로 내가 그쪽 사정에 맞춰 좌지우지되어야 한다는 사실에 기분이 좋지 않았다. 게다가 2년이나 함께 일한 나에게 이런 정도의 배려조차 통하지 않는다는 데 화가 났다. 나흘 동안 진행하는 촬영 가운데 단 몇 시간도 조정을 못 해준다니…… 그것도 연예인 눈치 보느라!

모델로서 자존심이 상하는 순간이었다. 그런 이유로 내가 물러설 수는 없다는 생각이 들었고, 결심을 굳혔다. 나 때문에 여러 사람이 피해를 보게 될 상황이었지만 고개를 숙임으로써 내 가치를 떨어뜨릴 수는 없는 노릇이었다. 한 브랜드의 모델로서 나는 그 연예인과 동등하다고 생각하기 때문이기도 했다.

몇 시간 동안 다른 쪽 브랜드의 촬영을 하면서 기분은 찜찜했지만 열심히 최선을 다해서 촬영에 임하고 돌아섰다. 거기서도 함께 촬영하는 모델은 연예인이었는데(당시 다른 브랜드 모델인 연예인보다 유명한 사람이었다) 나의 스케줄을 기꺼이 배려해준 그 친구에게 고마운 마음에 더 열심히 촬영에 임할 수 있었다. 이왕이면 사람들이 겸손한 마음으로 다른 사람들을 배려하며 살면 얼마나 좋을까 하는 아쉬움도 느끼면서.

드디어 촬영장에 도착하니 상황은 예상한 대로였다. 스태프들은 그나마 빨리 도착해서 다행이라며(디자이너와 포토그래퍼들에게는 내 결정을 사전에 전해두었다) 준비를 하기 시작했다. 그때 그 연예인이 나를 보더니 이렇게 말했다.

"난 촬영 못 하겠어. 기분 나빠서⋯⋯."

그러더니 자리에서 일어서는 게 아닌가.

그걸 보곤 나도,

"그럼 하지 말지 뭐⋯⋯ 나 갈게요."라며 일어섰고, 스태프들은 나를 말리느라 난리가 났다. 2년 동안 함께 일한 그들은 내 성격을 이미 알고 있었던 것이다. 지금 생각하면 그 연예인은 그런 상황에 더 자존심이 상했으리라. 미안하다고 할 줄 알았을 텐데 도리어 그런 상황을 만들어버렸으니⋯⋯.

결국 어렵사리 마지막 촬영을 마치고 집으로 돌아올 수 있었다. 고집인지 몰라도 나는 나름으로 내가 생각한 정도에서 벗어나버리면 거기에 반항하는 성격이 있다. 좋은 결말이 오든 나쁜 결말이 오든 결말은 중요하지 않다. 중요한 건 내가 그걸 받아들이느냐 받아들이지 않느냐다. 내가 생각하는 정도에서 벗어나면 난 누가 뭐라든지 생각한 대로 밀고 나간다. 그것이 내가 사는 기준이기 때문에 기준이 흔들리는 것은 용납하지 않는다.

급한 성격 덕분에

나는 성격이 참 급한 편이었다.

지금도 그 성격은 변함이 없는 것 같다. 누구에게 일일이 설명하느니 그냥 내가 해버리는 일이 허다한 걸 보면. 지금 함께 일하는 스태프들에게도 하나에서 열까지 일일이 설명하는 일은 없다. 이미 우리는 선수가 아닌가. 내가 '하나!' 하면 그들은 '열!'을 셀 정도로 척척 호흡이 맞아야 한다고 생각한다.

어떻게 보면 막무가내 식의 공산당 같은 스타일일 수도 있지만, 개인적으로 상황판단이 빠른 사람이 이 일에 맞는다고 생각하기 때문에 항상 기대에 부풀어 스태프들을 바라본다. 물론 내가 힘든 윗사람일 수도 있을 것이다. 하지만 나를 통해 판단력이 빨라진다면 좋은 선생이 될 수도 있다는 생각은 변함이 없다.

모델 활동을 할 때도 이 급한 성격 때문에 머리손질과 메이크업을 받는 시간이 지루해 내가 다 해버리는 모델이었다. 항상 운전을 하고 다녔기 때문에 신호에 걸리거나 차가 막히는 짬을 이용해 메이크업을 하다 보면 도착하기 전에 완성할 수 있었다.

머리손질 또한(모델이었을 때 난 항상 커트머리였다) 차 안에서 내가 직접 하기도 하고, 가발을 여러 종류 차에 싣고 다니며 상황마다 긴 머리, 단발머리를 구사했다. 패션쇼를 할 때는 혼자서 다 하고도 시간이 남아 다른 친구들 메이크업이며 머리손질까지 해주었을 정도다.

하지만 급한 성격만으로 그렇게 할 수 있었던 건 아니다. 자랑 같지만, 나는 성격도 급하지만 손재주가 많았던 것 같다. 실력이 뒷받침되지 않았다면 아무리 성격이 급한들 전문가들이 해주는 스타일링을 할 수는 없지 않았겠는가…….

카탈로그 촬영을 하러 가면 지금은 스타일리스트가 모든 스타일링을 해주지만 내가 활동할 때는 디자인실에서 직접 하는 일이 허다했다. 그럴 때면 '내가 모델인데……' 하는 생각이 들며 답답한 일이 종종, 아니 많았다. 디자인실에서 구비한 소품들은 요즘 같으면 정말 터무니없을 만큼 모자랐다.

그래서 나는 귀걸이며 신발이며 모자며 온갖 소품을 외국에 촬영 갔을 때나 시장에서 틈틈이 구비해, 촬영 콘셉트에 맞게 들고 다니며 일을 했다. 준비된 것이 없을 때는 상황에 따라 셔츠를 찢어 두건을 만들기도 하고, 신발 끈을 풀어 목걸이나 팔찌를 만들기도 했다. 그러다 보니 내가 의상을 갈아입고 나면 이번엔 어떤 소품을 사용할지 디자인실에서 질문을 해 오는 경우가 생기기도 했다.

그 시절 각 상황에 맞게 대처를 해온 것이 지금 연출가로 일하는 데 큰 도움이 되는 것을 느낀다. 지금은 현장에서 급하게 대처해야 하는 상황이 와도 웬만해선 겁이 나지 않는다. 아마 내가 모델로 일한 그 몇 년 동안 쌓인 대처법 덕분이 아닐까.

지금도 가끔씩 모델로 일하던 그 시절 사진을 보다 보면 옛 생각에 웃음이 나온다. 정말 많은 이들과 함께한 소중한 시간들이다.

모든 것이 완벽해지는 순간, 15분의 패션쇼가 탄생한다

내가 모델로서 패션쇼를 느끼기 시작한 것은 3년 이상 활동을 하고 난 즈음인 것 같다. 무대 위에서 조명이 느껴지고 음악이 느껴지고, 무대 콘셉트에 따라 쇼 전체 분위기가 느껴지기 시작했다.

무대, 조명, 음악…… 모든 것이 완벽해졌을 때 비로소 내가 무대 위에서 모델로서 완벽해질 수 있는 것이었다. 하지만 완벽한 쇼를 위해 모든 것이 갖추어지는 일이 많지 않다는 것도 알았다. 몇 년이 걸려도 배워야 할 게 많은 것이 쇼다. 경험도 많아야 하는 것이 패션쇼를 만드는 사람들인데, 이런 점을 무시한 사람들이 패션쇼를 만들겠다고 마구잡이로 뛰어들어 문제가 생긴다. 가장 화가 나는 부분은 바로 모든 것을 모델에게 요구할 때다.

콘셉트는 이러하니 모델이 그걸 표현해야 한다고 말하는 연출가를 보면 정말 기가 막힌다. 모델은 연기자가 아니다. 옷을 표현하는 사람이다. 무대, 조명, 음악이 어처구니가 없는데 모델에게 그 어처구니없음을 해결하라 한다면, 이건 막아야 한다. 클라이언트도 금액 차이로 업체를 선정해서는 안 된다. 패션쇼의 퀄리티를 항상 염두에 두고 업체를 선정해주길 간절히 바란다.

패션쇼에 오르는 의상을 만드느라 노력하는 사람들은 셀 수도 없이 많다. 최종적으로 무대에서 보이는 결과물인 패션쇼가 얼마나 중요한 것인데, 이 중요한 부분을 담당할 업체를 단지 금액적인 조건에 따라 결정한다면 발전이 없다. 서로를 죽이는 결과를 초래할 뿐이라고 생각한다.

패션쇼를 만드는 사람도, 의상을 만드는 사람도, 패션쇼라는 것이 단순히 옷을 보여주기 위해 무대를 만들어 모델들이 걸어다니는 게 다라고 생각하지 말기를 바란다. 옷은 어떻게 보느냐, 즉 보는 관점에 따라 많이 달라지는 것이다.

외출할 때 우리는 장소에 따라 옷을 선택한다. 파티에 가는지, 결혼식에 가는지, 회사에 출근하는 것인지 등등. 거기서 세부적으로 들어가, 파티 콘셉트가 무엇이며 어떤 회사에 다니느냐에 따라 최종적으로 어울리는 옷을 선택한다.

일상생활에서도 이러하니 무대 디자인이 중요한 건 당연한 일이다. 옷의 콘셉트, 즉 디자이너가 옷을 디자인하며 추구한 콘셉트에 무대도 따라가 주어야 한다. 그래야 옷이 온전히 살아날 수 있다. 모델이 아무리 워킹을 잘한다고 옷이 무작정 살지는 않는다.

파티에 간다고 하자. 대낮부터 파티 의상을 입고 돌아다닌다면 사람들이 이상하게 쳐다볼 것이다. 하지만 어두워져서 파티장으로 향하는 당신은 누가 보더라도 멋지다고 할 것이다. 파티장 안에서 당신은 더 멋질 것이고. 이것이 조명의 중요성, 필요성이다. 무작정 밝아진다고 조명이 아니다. 옷을 표현하려면 조명의 미세한 차이로 옷을 살려야 한다.

또한 결혼식장에서 장송곡이 나오거나, 파티장에서 군가가 나오는 걸 상상해보라. 조용한 사무실에서 쩌렁쩌렁 울리도록 음악을 크게 튼다면? 이 모두가 바로 패션쇼에서 음악이 하는 역할과 같다.

의상 콘셉트에 맞는 음악을 선곡하기가 얼마나 어려운 작업인지 알아야 한다. 단지 모델의 워킹을 보조하는 수단으로서만 패션쇼에서 음악이 나오는 것이 아니다. 이 모든 것을 완벽하게 준비하고 나서 모델에게 요구해야 한다. 당신은 지금 어디에 어떠한 느낌인 채 무대 위에 있는지. 모든 것이 완벽하게 준비되었을 때 무대에 올라 최종적으로 표현해주는 것이 모델이라는 직업이다.

종종 그것을 소화 못 하는 모델이 생기기 마련인데, 그때 나는 망설이지 않고 말할 수 있다. 모델을 그만두어야 한다고, 다른 일을 찾아보라고. 잔인한 말이기도 하지만 적성에 맞지 않는 일을 하느라 쓸데없이 시간을 낭비할 필요는 없지 않은가. 마땅히 충고를 해주어야 한다고 생각한다.

나는 무대 위에서 무대를 제대로 즐기지 못하는 모델은 모델이 아

니라 생각한다. 무대 위 캣워크(catwalk)를 아무 생각 없이 걸어 다니는 모델들을 볼 때면 화가 난다. 이 패션쇼가 완벽해지도록 노력한 모든 사람을 대표해서라도 화가 난다. 모든 준비(무대, 조명, 음악)를 완벽하게 마친 다음 모델에게 요구하는 것인데, 모델은 단순히 걸으면 된다고 생각하는 사람이 아니고서야 그렇게 아무 생각 없이 무대 위를 걸을 수는 없다고 생각한다.

속으로 나는 그 모델이 무대에서 내려가 주기를 간절히 바란다. 동시에 내가 연출가로서 모델에게 어떤 요구를 할 수 있을 때는 완벽하게 준비를 했을 때임을 잊지 않도록 항상 노력한다. 지금도 그건 마찬가지다. 내일 당장 모델들이 무대 위에 올라갔을 때 느낌이 잘 살 수 있는 패션쇼 무대가 되도록 마지막까지 긴장을 늦추지 않는다.

모델로 활동하던 시절, 패션쇼를 준비하는 과정에서 불만이던 부분은 리허설이었다. 무대 위가 미로도 아닌데 왜 리허설을 세 번, 네 번 해야 하는지 이해가 되지 않았다. 의상을 맞추기 위해서, 동선을 맞추기 위해서 혹은 조명을 맞추기 위해서 매번 새롭게 리허설을 해야 했다. 조명이 맞추어지지 않으면 몇 번이고 리허설을 중단하고 또 리허설…… 여기서 끝이 아니다. 모두 맞추어봤으니 최종적으로 다시 리허설을 한다.

하루 종일 서서 이 과정을 되풀이하다 보면 기운이 다 빠져 정작

쇼(우리끼리는 본게임이라고 부른다)에서는 힘이 빠져버린다. 그런데 직접 연출을 시작하면서 왜 이렇게 리허설을 많이 하는지 비로소 이해할 수 있었다. 연출가는 모든 것에 책임을 지는 위치이기 때문에 어느 한 부분이라도 불안하면 그냥 넘어갈 수가 없다. 무엇보다 연출가가 확신이 있어야 하는 것이다. 확신 없이 일을 몰고 가서는 안 되는 일 아닌가. 무대와 조명, 음악 모두에 확신이 있어야 한다. 그렇기에 프로들이 모여서 일하는 것 아닌가.

서로 신뢰하지 못하면서 일할 수는 없다. 모델은 '무대 위에서 옷을 표현하는 사람'이라는 자신의 역할에 충실하고 모두에게 확신을 주어야 한다. 무대 위가 미로가 아닌 이상 모델들은 무대 밖으로 떨어지는 일 없이 잘 걸을 수 있다. 굳이 연습을 반복할 필요가 없다는 말이다. 그들은 이미 교육과정을 거치면서 잘 걸을 수 있게 많은 시간 연습한 사람들인데 리허설을 통해 또다시 연습해야 한다면 문제가 있다. 그것이 바로 프로 모델이다. 연습이 필요한 쇼는 아마추어 모델들을 데리고 일을 할 때다.

조명 또한 사전에 협의를 해야 한다. 연출가는 이미 클라이언트(디자이너)를 만나 콘셉트를 파악한 상태다. 사전에 연출가가 무대 디자인이나 음악 담당자와 미팅을 마친 후 조명에 대한 계획을 가지고 있어야 하며, 조명팀과 만나서는 그 계획을 어떻게 실현할 것인가에 대한 협의만 마치면 된다.

패션쇼를 하면서 여러 연출가를 만나게 되었다. 연출가의 성격에 따라 패션쇼 자체가 참 많이 달라진다는 것도 깨달았다. 내가 모델임을 느끼게 해주는 연출가를 만나면 무대 위에서 캣워크하는 게 행복했다. 반면 어떤 연출가를 만나면 형식적으로 무대에 임하게 된다. 프로 모델이 이러면 안 된다는 생각도 들었지만 마음에서 느껴지는 건 어쩔 수 없나 보다. 내가 모델로서 최선을 다해 캣워크할 수 있게 해주는 연출가가 최고의 연출가가 아닐까? 그래서 난 지금도 모델들이 패션쇼 자체를 즐길 수 있게 모든 상황을 갖추어주려고 노력한다.

무대, 조명, 음악…… 모든 것의 완벽한 조화. 그 조화 속에 15분간의 패션쇼가 탄생한다.

내가 연출한 첫 패션쇼

스물여섯 살, 친분이 있는 기획사에서 패션쇼 연출을 도와달라고 했다.

순간 난 긴장했다. 연출을 잘못했을 때 내 또래의 다른 모델들이 어떤 반응을 보일지 등등, 한창 모델 일을 하고 있던 시기라 이런저런 생각이 밀려와 부담스러웠다. 하지만 나라면 어떻게 패션쇼를 진행할 것인가 궁금해지기 시작하면서, 해봐야겠다는 쪽으로 생각이

기울었다.

결국 친한 친구가 스타일링을 맡기로 하고 일을 시작했다. 모델 캐스팅하기, 무대마다 테마 정하기, 테마에 맞춰 소품 준비하기, 브랜드별로 의상 수거하기, 무대 디자인과 음악 선곡…… 생각보다 일이 정말 많았지만 모델로서 바라보기만 하던 스태프들의 일에 재미를 느끼기 시작했다.

패션쇼 전날 저녁 행사장으로 나가자 무대와 음향 설치로 이미 많은 스태프가 도착해 있었다. 무대를 세우고 조명을 설치하고, 스피커 설치까지 모두 끝낸 뒤 뿌듯한 마음으로 스태프들을 바라보았다. 새벽이 되어서야 무대와 음향이 완성된 걸 보고 집으로 향했다.

집에 돌아와서는 의상 맵(map, 무대별 의상 사진)을 보면서 콘티를 정리하기 시작했다. 콘티라 하면 모델들이 무대 위에서 캣워크하는 순서, 모델들이 어떤 연출을 해야 하는지를 표시하고 어떤 음악이 나와야 하는지 정리하는 일로, 디렉터가 최종적으로 해야 하는 작업이다. 연출 콘티를 정리하면서 머릿속으로 패션쇼가 그려지기 시작하자, 스멀스멀 불안감이 밀려왔다.

'머릿속에 그려진 대로 패션쇼가 진행될까?'

'만약 이대로 진행되는데 그걸 보고 관객들이 비아냥거리진 않을까?'

'모델들이 왜 이렇게 해야 하냐며 수군거리진 않을까…….'

밤을 꼬박 새우고 행사장으로 나갔다. 행사장에 도착해서 난 잠시도 가만히 앉아 있을 수가 없었다. 불안하고 긴장되고 초조하기까지 했다. 백스테이지 정리점검, 무대 확인, 모델들 헤어와 메이크업을 확인한 뒤 리허설을 시작했다. 극도의 긴장감으로 가슴이 두근두근 방망이질을 쳐댔다.

그런데 리허설을 진행하면서 나는 안정을 찾았다. 감이 오기 시작한 것이다. 내가 생각한 대로, 머릿속에 그린 대로 되겠다는 자신감이 생기기 시작하면서 웃음이 나왔다. 아, 이런 거구나!

어느새 행사 시작 30분 전, 스피커에서 음악이 나오기 시작했다. 백화점 주차장을 이용한 야외 패션쇼였기 때문에 관객들을 모으기 위해서였다. 음악소리에 사람들이 모이기 시작하고, 하나둘씩 마련된 의자에 앉기 시작했다. 관객이 적으면 어쩌나 걱정하며 기다리는데 다행히 관객이 많이 모였다. 의자가 없어 뒤에 서서 보는 사람들도 많다. 시작할 때다.

인트로 쇼 음악과 함께 연출가로서 나의 첫 패션쇼가 시작되었다.

인터콤을 쓰고 모든 걸 지시하기 시작하자 흥분되어 견딜 수가 없었다. 내가 원하는 대로 모든 게 움직인다는 사실에 감동이 한꺼번

무대, 조명, 음악…… 모든 것의 완벽한 조화.
그 조화 속에 15분간의 패션쇼가 탄생한다.(디자이너 서은길 선생님과 쇼를 준비하며…)

에 몰아쳐온다. 관객들이 웃는 게 보인다. 백화점에서 하는 쇼이기 때문에 스토리가 있는 패션쇼를 연출했다. 코믹한 장면도 연출함으로써 관객들도 함께 웃으며 즐길 수 있는 그런 패션쇼를 의도한 것이다.

백화점에서 하는 패션쇼는 판매가 목적이기 때문에 클라이언트는 쇼를 통해 매출이 증가하기를 원하고, 그래서 더 어렵다. 많은 사람을 모아서 패션쇼를 보여주고 구매욕을 느끼게 하려면 모델들만으로는 만족감을 줄 수 없기 때문에, 모델들은 무대 위에서 연기도 해야 한다. 대사 한마디 없는 연기, 이런 쇼는 모델들에게도 연출가에게도 어려운 일이다. 기획사에서 간단한 패션쇼라고 한 것은 거짓말이었다. 난 지금도 일반 패션쇼보다 백화점 쇼가 더 어렵다.

드디어 피날레……

모델들 전원이 무대 위로 나오고 관객들은 박수를 보낸다. 난 인터콤을 통해 모두에게 수고하셨다고 인사를 전했다. 진심으로 모두에게 감사하는 마음으로…….

새로운 출발

나의 첫 번째 쇼는 다른 백화점에서도 똑같은 연출로 진행하면서 5일 동안 진행되었다. 패션쇼를 마치면서 나는 이렇게 마음먹었다.

'모델을 그만두면 반드시 이 일을 해야겠어.'

이후 난 모델을 하면서 패션쇼 연출 아르바이트를 두세 번 더 할 수가 있었다. 그러는 동안 점점 더 큰 확신을 얻을 수 있었다. 모델로서보다 연출가일 때 더 행복하다는 사실을……

연출가가 되기 위한 계획은 스물일곱 살에 본격적으로 시작되었다. 결혼과 함께 특별한 은퇴식(?) 같은 건 없었지만 모델 일을 접은 것이다. 결혼을 한다고 모델 활동을 못 하는 건 아니었지만 개인적으로 결혼하면 모델을 그만두겠다고 생각해왔다.

연출가가 되기 위해 어떻게 시작하면 될지 고민했다. 모델이라는 직업으로 사회에 첫발을 내디딘 나로서는 어디가 되었건 회사에 취직한다는 건 상상할 수가 없었다. 정시에 출근해서 정시에 퇴근해야 한다는 생각만 해도 견딜 수가 없었다. 지금 생각하면 철없던 시절이다.

정말 작은 사무실을 얻었다. 달랑 책상 둘에 컴퓨터 두 대, 전화 겸 팩스 한 대, 그리고 명함 그게 전부였다. 모델만 했었지 일을 어떻게 해야 하는지 하나도 모르던 나는 기획사에 다니는 친구에게 같이 일 해보지 않겠냐고 물었고, 나와 동갑인 그 친구는 별 고민 없이 선뜻 좋다고 했다. 참 대책 없어 보이겠지만, 그때 우리는 젊었다. 실패에 대한 두려움이나 새로운 시작에 대한 머뭇거림으로 망설이기에는 겁이 없던 스물일곱…… 딱 10년 전이었는데 만약 지금 그런 일이 생긴다면 그때처럼 못할 것이다. 지금은 용기가 10년 세월의 크기만큼 없어졌다.

이왕 시작하는 것이니 제대로 일하고 싶었다. 어설픈 것은 나부터 용납을 못 한다. 7년간 모델 활동을 할 때도 내 가치관을 지키며 섣부른 행동으로 지탄받을 일을 만들지 않아왔는데, 새로 시작하는 지금 어설프게 일을 한다면 주변사람들(패션쇼 업계 사람들)에게 '그냥 모델이나 하지……' 하는 소리를 듣게 될 건 뻔했다. 그렇게 되면 내 자존심이 나를 용서하지 못할 것이었다.

최소한 일할 수 있는 시스템은 갖추었고, 시작하는 일만 남았는데…….

'어디서부터 시작해야 할까?'

나를 알리고 회사를 알리는 일이 가장 먼저였다. 업계 리스트를 뽑고 1차 영업 리스트를 작성한 뒤 프로필을 들고 돌아다니기 시작했다. 모델로 무대에 서던 몇 개월 전의 내가 아니었다. 그렇게 직접 발로 뛰며 경험해본 뒤, 난 세상 모든 영업하시는 분들을 존경하게 되었다.

나름 대우를 받으며 일하던 모델 일을 그만두고 완전히 처음, 바닥부터 시작해야 하는 나의 첫 목표는 백화점이었다. 백화점에는 크

쇼가 끝나면 어김없이 터져 나오는 관객들의 박수 갈채는 모델과 디자이너 뿐만 아니라 패션쇼 연출가에게도 새로운 출발을 알리는 신호이다. (06/07 F/W 서울컬렉션 정욱준 쇼)

고 작은 패션쇼를 비롯한 이벤트가 많았다. 그런 만큼 기회를 찾기가 쉬울 터였다. 사실 영업하기 더 쉬운 쪽은 나를 알아보는 사람이 많은 브랜드들을 찾아다니는 것이었지만 브랜드에서는 패션쇼를 자주 열지 않는다. 브랜드에서 일이 생길 때까지 회사를 놀릴 수는 없었기에 백화점 쪽을 택한 것이다.

백화점 담당자들은 브랜드 담당자들과는 마인드 자체가 다르다. 패션쇼를 판매와 연결해 생각하는 그들에게 패션쇼는 그저 이벤트일 뿐이다. 쇼가 이미지를 좌지우지한다고는 결코 생각할 줄 모른다. 그들에게 중요한 건 연출이 아니었다. 단지 행사 비용이 문제였다.

얼굴을 익혀야 했다. 한 번 찾아간다고 나에게 일을 맡기는 사람이 어디 있을까. 게다가 애초에 패션쇼만 하는 회사가 아니라 이벤트도 같이 할 수 있는 회사를 의도하지 않았던가. 프로필과 명함을 모두 돌린 뒤에는 기획서를 들고 영업을 가야 한다. 계속해서 기회를 만들어야 하니까. 1년 열두 달 동안 백화점은 시즌에 맞추어 다양한 행사로 손님들을 유혹한다. 예를 들어 가정의 달 5월엔 그 달에 할 만한 다양한 이벤트 거리를 준비해 내밀어야 한다.

회사에 들어와 함께 일하는 친구에게 기획서를 어떻게 만들어야 하는지 물었다. 그런데 친구가 하는 말이

"난 영업만 해서 기획서 만들 줄 몰라."라는 것이다.

뒤통수를 맞는 기분이 이런 걸까, 난 컴퓨터라면 오직 켤 줄만 아

는 컴맹이었다. 당연히 기획서라고는 태어나서 본 적조차 없었다. 앞이 캄캄했다. 아는 것도 없고 먼저 생각하기보단 '어떻게 되겠지' 하며 일단 시작하고 보는 철부지 같던 시절이다.

하지만 그러고 망연자실해 있을 수만은 없었다. 친구에게 다른 회사의 기획서든 다니던 회사의 기획서든 아무것이라도 가져오라고 했다. 열 개든 스무 개든 좋으니 구할 수 있는 만큼 구해오라고 이른 다음 서점으로 향했다. 일단 컴퓨터를 다룰 줄 알아야 했다.

그렇게 내가 서점에서 구입한 책은 『컴퓨터 일주일만 하면 전유성만큼 한다』였다.

텅 빈 무대, 악몽이 실현된 졸업작품 패션쇼

몸이 피곤하거나 아프려고 할 때면 꼭 꾸는 꿈이 있다. 모델인 내가 무대 위에서 워킹을 하는데 걸음이 걸어지지 않아서 힘들어하다가 넘어지는 꿈이나, 연출을 하는데 모델들이 무대에 나오지 않아서 무대가 텅 빈 것을 바라보는 꿈. 두 가지 다 현실 속에서 일어난다면 최악의 경우인 일들이다. 현실 속에선 절대로 이런 일이 생기면 안 된다.

그런데 그 꿈이 현실이 된 일이 있었다. 내게 가장 어려운 패션쇼 연출은 학교 졸업작품 패션쇼다. 보통 컬렉션을 연출하면 한 디자이너의 시즌별 콘셉트 하나를 표현하기 위해 고심한다. 하지만 학교 졸업작품 패션쇼는 스테이지별로 테마가 다르다. 스테이지마다 다른 이미지를 주는 연출을 하려 하면 다른 컬렉션 열 가지를 연출하는 것과 비슷한 상황이 되는 것이다. 그만큼 졸업작품 패션쇼를 마치고 쇼가 좋았다는 얘기를 들을 때면 보람이 크다. 그것이 내가 대학교 패션쇼에 애착이 큰 이유이기도 하다.

회사를 정리할 시점에는 매년 졸업작품 패션쇼를 진행하던 학교

가 열 군데에 달했다. 학생들과 작업할 때면 유독 기분이 좋아진다. 최선을 다해 열심히 작업을 하고 결과물이 좋다면 그들은 매년 나를 찾는 의리가 있다. 다른 업체가 견적도 낮고 옵션으로 무엇을 해준다 해도 의리를 지키는 것이 그들이다. 그들의 그런 면이 난 참 좋다. 정직한 그 젊음이……

그런데 사건이 생기고 만 것이다. 모 대학 패션쇼를 진행할 때다. 그 학교 패션쇼를 진행한 지는 2년째였는데, 전 해에 행사를 잘 마무리했기 때문에 그들은 나를 선택했다. 하지만 행사 당일, 1부 쇼에서 덜컥 문제가 생겼다.

백스테이지 조연출이 "모델이 없어요……" 하고 말하는 동시에 다른 스테이지의 모델이 무대 위로 등장했고 백스테이지 조연출은 조용해진 것이다. 내가 소리를 지르고 난리를 피웠는데도 이미 나와 있던 모델들은 들어가버리고 무대는 텅 비고 말았다.

디자이너 컬렉션에서 의상 한 벌이 무대 위에 나오지 못한 것은 그나마 낫다. 하지만 학생들은 자기 옷 한 벌을 위해 1년 동안 최선을 다해 공부하고 작업했을 것이고, 그 옷이 무대 위에 나올 때까지 또 얼마나 많은 일이 있었을 것인가. 그런 학생이 만든 옷이 나오지 못한다면 그건 이만저만한 잘못이 아니다.

텅 빈 무대가 2초 정도 흘렀을까. 난 "조명 아웃"이라는 결단을 내리고 말았다. 그 스테이지를 끝내야 했으니까. 패션쇼의 흐름을 깨지게 돼서 나머지 학생들의 스테이지까지 버릴 수는 없지 않은가. 다음 스테이지 학생들을 위해서 나머지 패션쇼를 진행했다. 무엇이 문제였는지 당장은 알 수 없지만 패션쇼는 진행을 해야 한다.

다시 연결된 백스테이지 조연출에게 나오지 못한 의상이 몇 벌이냐고 물었다. 다섯 벌 정도였던 것 같다.

"그럼 피날레 전에 스테이지를 만들 테니 준비하게 해."

패션쇼 마지막 스테이지를 마치고 피날레 전에 나오지 못한 의상들을 위한 스테이지를 준비하는 것이 나의 최선이었다.

쇼를 마치고 나서 무대 뒤 스태프들과 모델들을 불러모았다.

무엇이 문제였냐는 내 물음에 "저희는 여기에 서 있었어요……"라는 모델들, "모델들이 없었어요……"라는 조연출의 서로 엇갈린 말과 변명이 이어졌다.

옷을 갈아입기에 시간이 부족한 모델이 늦게 나왔고, 그런 상황에서 조연출은 원활한 진행을 위해 다음 사람을 무대 위로 보내야 했다. 조연출의 판단미숙으로 생긴 사고다.

하지만 누가 잘못했건 모든 책임은 총 연출을 맡은 디렉터의 몫이다.

난 학생들을 불러모았다. 죽 둘러선 학생들에게 90도로 머리를 숙여 미안하다고 사과를 했다. 결과적으로 모델이 나오지 못한 것은 변명의 여지 없이 우리 팀 잘못이다, 학생들 작품이 개개인에게 얼마나 중요한지 잘 안다, 어떻게든 작품이 무대 위에 나와야 한다고 생각해서 차선책으로 스테이지를 급하게 만들어 진행했다, 이렇게 상황을 설명했다.

그러고는 정말 미안하다, 모델 구성안은 항상 나오는 시간을 계산해서 만들어야 하는데 그 작업을 학생들이 직접 하다 보니 이런 문제가 생겼다, 그런 작업은 다음부터 연출업체에게 맡겨달라, 하며 다시 한번 미안하다고 정중하게 사과했다. 학생들도 나의 사과를 받아주었다. 구성안을 본인들이 만들겠다고 고집 피운 것에 일부 책임 의식을 느꼈기 때문일 것이다. 악몽에서만 있는 줄 알았던 일, 패션 쇼 디렉터로서 정말 최악의 상황을 겪은 뒤 많은 생각이 들었다.

프로이고 싶다고 프로가 되는 것은 아니다. 충분한 실력을 갖추고 나서 비로소 자신이 프로임을 말해야 한다. 나 자신도, 내가 얼마나 프로로서 자격을 갖추고 있는가를 다시 한번 생각하는 계기가 된 일이었다. 이런 사고는 두 번 다시 없어야 한다. 무대 위에서 모델 없이 흘러가는 시간은 단 1초라도 관객에게는 10분에 가깝게 느껴진다. 나와야 할 모델이 당장 없다면 다음 사람, 아니면 그 다음 사람이라도 무대 위로 내보내야 하는 것이다.

연출을 시작하겠다고 생각하는 이들에게 이것만은 꼭 명심하라고 말하고 싶다. 아무리 예산이 없다 하더라도 최소한의 모델 인원수를 확보해야 한다는 점, 그리고 이 의상은 꼭 이 모델에게 입히고 싶다

하더라도 모델이 나오는 시간을 계산해서 부족하다 싶으면 모델 인
원을 더 늘리거나 의상 순서를 바꿈으로써 어떻게든 해결을 보고 진
행해야 한다는 것을. 마지막으로 그 사실에 대해 클라이언트를 설득
하는 것도 패션쇼 디렉터의 몫임을 잊지 말기를.

2장 모델에서 연출가로, 백스테이지에 뛰어들기까지

컴퓨터 일주일만 하면 전유성만큼 한다

패션쇼 디렉터가 되기 위해서 시작한 일에 기획까지 포함해야 한다는 생각은 미처 못했다. 연출가로서 배워야 할 것도 너무 많은데 기획부터 공부해야 한다는 현실에 아찔해졌다. 같이 시작한 친구조차 기획을 모른다 하니, 정말 산 너머 산이었다.

난 아무 기획서든 수배를 해달라고 부탁하고 서점으로 달려갔다. 컴맹 탈출부터 해야 했으니까. 가르쳐줄 사람을 구하고 시간을 맞추고 하느라 시간을 낭비하고 싶진 않았다. 급한 성격 아니랄까봐 당장 지금부터 해야 한다고 생각한 것이다.

내가 고른 책, 지금도 그 책을 생각하면 웃음이 나온다.

'컴퓨터 일주일만 하면 전유성만큼 한다!'

딱딱하게 쓰인 책들은 괜히 겁먹을지 모른다고 생각해서 고르긴 했는데 그렇다 해서 불안하지 않은 건 아니었다. 당당한 제목 앞에 부끄럽게, 전유성만큼 못 하면 어쩌나 해서 말이다.

책을 옆에 두고 한 장씩 읽어가며 컴퓨터 다루기를 시작했다. 마우스를 클릭하고, 다양한 명령 아이콘의 용도를 익히고, 쓰고 그리며, 하루 종일 컴퓨터 앞에 앉아서 책에 쓰인 대로 차근차근…… 그러다 보니 컴퓨터가 익숙해지기 시작했다. 난 지금도 어떤 일이든 처음에는 쉬운 것부터 시작하라고 권하고 싶다. 지나치게 포부를 크게 품고 어렵게 시작한다면 도중하차하기가 쉬워진다.

때마침 친구가 여러 종류의 기획서를 구해왔다. 다양한 회사에서 작성한 여러 이벤트의 기획서. 그 기획서들을 읽고 또 읽고 하다 보니 각기 다른 회사가 만든 기획서들이라 양식은 모두 달랐지만 담은 내용들은 거의 비슷했다. 행사의 목적, 콘셉트, 행사의 전개방향, 행사 후의 결과 예상 등이 순차적으로 간결하게 나열되어 있었다.

먼저 각 기획서마다 똑같이 만들어보는 작업부터 시작했다. 컴퓨터 앞에 앉아 머리를 쥐어뜯어가며, 눈이 빠질 듯 아픈데도 속도를 늦추지 않았다. 가르쳐주는 사람이 옆에 있었으면 좋았을 텐데, 그 친구는 물어보면 모른다 하니 답답하기가 이루 말할 수 없었다.

난 한번 시작하면 끝을 봐야 그만둔다. 일단 상황이 그렇게 흘러가자, 그 누구에게도 물어보지 않았다. 그럴 사람도 없었지만 내 욕심에 그냥 나 혼자 해보고 싶었던 것이다. 일주일 내내 컴퓨터 앞에서 기획서들을 만들다 보니 컴퓨터 다루기도 쉬워지고 기획서에 대해 더 잘 이해할 수 있게 되었다.

기획서에 통달하기까지

그렇게 한 고개를 넘은 뒤, 다음 단계로 월별 특성에 맞는 이벤트 계획을 세워보았다. 1월은 새해에 맞는 이벤트, 2월은 구정에 맞는 명절 이벤트, 3월은 입학과 졸업 관련 이벤트 등등…… 백화점 실정에 맞는 이벤트들을 구상하고 나서 우리는 본격적인 작업을 시작했다. 5월을 겨냥한 이벤트, 쇼에 대해서 친구와 둘이서 머리를 맞대고 아이템을 짜내기 시작한 것이다.

이벤트 아이템을 가정의 달 5월에 맞는 것으로 결정한 뒤 저예산의 간단한 이벤트들을 기획하기로 하고, 패션쇼는 때가 때이니만큼 아동복을 대상으로 기획하기로 했다.

일단 컴퓨터로 작업하기 전에 연필로 일일이 쓰기 시작했다. 지우고 구겨버리기를 몇 번을 했을까, 간결하면서도 의도를 확실히 전달할 수 있는 말을 만들기가 너무 어려웠다. 그때 작성한 기획서 안에 빈번히 등장한 단어는 지금도 내 기획서 안에 꼭 한 번씩은 등장한다. 극대화, 최대화, 공감대 형성, boom up 등등…….

당시만 해도 편리한 프로그램이 나오기 전이라 기획서들은 모두 아래한글로 작업했다. 선을 그리고 지우고, 화살표를 이리저리 뻗어대며, 무지하게 컴퓨터를 괴롭히고서야 드디어 우리의 기획서를 출력할 수 있었다. 출력된 그 녀석이 어찌나 기특하던지, 지금 생각해도 혼자서 참 뿌듯해한 기억이 난다.

완벽하게 정돈된 쇼의 모습과는 달리, 쇼가 시작되기 전 현장은 무대, 조명, 음향 등을 맞추느라 정신 없는 모습이다.

이후 파워포인트로 기획서를 써야 할 시대가 왔을 때도 난 시작할 때와 마찬가지로 서점으로 향했고 같은 방법으로 프로그램 이용법을 터득했다. 모두에게 같은 속도로 흘러가는 세상에서, 누가 해주기를 바란다면 사람은 뒤처질 수밖에 없다.

연출가로서 기획까지 해야 하는 우리네 현실에서 연출가가 어느 정도 선에서 안주하기란 불가능하다. 항상 노력해야 한다. 행사 기획과 패션쇼 연출을 모두 소화해야 하는 우리가 외국으로 나가면 정말 선수급으로 인정받지 않을까 싶다(웃음). 지금은 패션쇼 기획만 하지만 7년 동안 해온 여러 가지 기획들이 많은 도움이 된다. 개인적으로 패션쇼 기획서 만들기는 다른 분야의 기획서 작업보다 쉬운 편이라고 생각한다. 문구보다는 자료사진과 이미지로 채워지니 말이다.

한번은 디자인 공모전을 기획한 적이 있다.

D업체로 옮기신 이사님이 나를 불렀다. 이슈가 될 만한 행사를 만들고 싶으시다는 이사님과 장시간 이야기한 결과로 디자인 공모전을 기획하기로 했다. 기업체 이름을 걸고 하는 공모전이었으니 하루 만에 뚝딱 정리해버릴 성격의 행사가 아니었다. 기획서 분량만 해도 90페이지로, 사진자료 하나 없이 순전히 글로만 채운 이 기획서를 만들고 나서 난 겁나는 게 없어졌다. 기업체에서 원하는 기획서가 나에게 또 다른 공부를 하게 한 것이다. 그런 경험을 해봤으니 지금 내가 패션쇼 기획서는 작업하기 쉽다고 할 수 있는 것 아니겠는가.

패션쇼 기획은 무엇보다 콘셉트가 중요하다. 그래서 아이디어 회의를 자주 한다. 매번 같은 패션쇼를 연출할 순 없으니까. 요즘은 패션쇼가 장소에도 구애를 받지 않아 아이디어 내기가 한층 바빠졌다. 몇 년 전까지만 해도 대형 패션쇼는 호텔에서 해야 한다는 고정관념 비슷한 게 있었지만 요즘은 특색 있는 장소, 다른 브랜드에서 시도한 적 없는 장소들을 선호한다.

다음 할 일은 기획서를 들고 영업을 하는 것이었다. 또다시 백화점마다 전화해서 찾아뵙겠노라며 미팅을 잡아달라고 조르기 시작했다. 서울 전 지역을 다리가 아플 정도로 돌아다녔다.

앞에서도 얘기했지만 모델로 활동하면서 가장 힘든 일이 바로 사람 대하는 것이었다. 그런데 모델을 그만두고 연출가가 되겠다고 시작한 일의 시작이 내가 제일 힘들어하는 일이었으니. 거기다가 이 사람 저 사람 대하면서 비굴하게 굽실거리기까지 하려니 얼마나 괴로웠겠는가! 하지만 시작했으니 끝을 봐야 했다. 속에서 뜨거운 뭔가가 올라오기 시작했다. 연출을 하기 위해선 먼저 내가 일을 만들어야 한다. 패션쇼를 연출하기 위한 나의 현실은 영업에서부터 기획까지 소화해야만 했던 것이다.

돌아다니면서 '아! 모델 생활은 정말 쉬운 일이었구나……' 하는 것을 절실히 깨달았다. 하지만 사람은 그 상황에 처한 당시에는 그런 걸 잘 못 느낀다. 지나고 나면 깨달아도 당시에는 자기가 제일 힘들다고 생각하는 게 사람이지 않은가. 누가 시켜서 하는 일이었다면 아마 못했을 것이다. 하지만 내 목적이 있으니 모든 일이 가능했다.

불가능은 없는 것이다. 난 지금은 뭐든 안 되는 일은 없다고 생각한다. 일을 하다가 누군가 나에게 묻는다. "실장님, 이건 안 된다는

데 어쩌죠?" 난 대답한다. "자~알……."

방법을 바꾸면 뭐든지 가능하다. 안 된다고 생각하는 것 자체가 문제다.

그런데 일에서는 이렇게 생각하는 나지만, 문제는 일 밖에서의 나다. 그래서 문제다(웃음). 이젠 연습해야겠다, 일 밖에서도 강할 수 있게. 그럼 상처받는 일이 없을 텐데, 강해 보이지만 살다 보면 어쩔 수 없이 상처받는 일이 많다.

영업을 하다 보니 사람을 대하는 요령이 생기기 시작했다. 사람이 모두 다르다 보니 이런 사람한테는 이렇게, 저런 사람한테는 저렇게, 풀어가면서 말을 할 수 있게 되었다. 그러면서 성격도 좋아졌다. 기분이 나빠도 내색할 수 없는 처지니 기분 나쁘게 해도 웃으면서 말을 한다. 하지만 웃으면서도 할 말은 다 한다. 우리나라 말이란 게 '아' 다르고 '어' 달라서 돌려가면서 얘기하면 상대방은 내가 가고 한참 후에 내 말에 뼈가 있음을 알게 된다.

우리 회사 팀원에게 나는 항상 이 점을 상기한다. 사람을 많이 대하는 일이니만큼 기분 나빠하고 스트레스를 받는 일이 자주 있는데, 상대방이 기분 나쁘게 말한다고 똑같이 하면 안 된다고. 그러면 우리가 지는 거라고. 말을 돌려가면서 잘 하다가, 정말 내가 이 일을 그만둘 만큼 화가 나면 그때 화를 내라는 말도 잊지 않는다.

둘이서 일을 시작한 지 얼마 지나 동료가 한 명 늘었다. 모델 후배

무대 뒤 모델들의 헤어＆메이크업은 한 번에 여러 명이 달라 붙어 손을 써야 할 정도로 급박하게 진행된다.

이기도 하고 동생이기도 한, 늘 함께한 친구다. 나의 개인적인 부분까지 속속들이 아는 몇 안 되는 친구로, 일적인 면에서 우린 생각이 비슷했다. 이 친구도 모델을 그만두고 스타일리스트가 되고 싶다며 공부를 했고, 스타일리스트로 일을 시작하기 전에 당분간 함께 일하기로 하고 우리 회사에 들어왔다. 이후 스타일리스트로 왕성히 일을 하다가 작년부터 다시 나와 일을 한다. 이번에는 연출가가 되기 위해서.

난 사람을 사귀는 데 시간이 많이 걸린다. 한번 내 사람이라고 생각하면 상대방이 나를 버릴 때까지 절대로 버리지 않는다. 아군 적군 구분이 확실한 편이다. 아군에게는 내 도움이 필요하면 최선을 다한다. 나에게 실망을 주거나 힘들게 하더라도 참을 수 있을 때까지 참는다. 하지만 상대방이 손을 놓으면 난 두 번 다시 보지 않는다. 우연히 보더라도 그는 모르는 사람이 된다. 내가 '손을 놓는다'라고 표현할 때는 바로 날 배신하는 것이다. 그때 외에는 결코 손을 놓지 않는다. 믿음이 있기 때문에…….

나를 아군으로 둔 사람들은 안심해도 좋을 것이다. 나라는 사람은 거짓말하는 것과 약속 어기는 것을 세상에서 제일 싫어한다. 그렇기에 내 사리사욕을 위해 남을 팔거나 뒤통수를 칠 줄 모른다. 그러다 보면 종종 손해 보는 일도 많지만 그렇다고 내가 바뀌지는 않을 것이다. 내 분신(딸 지오)에게도 다른 건 몰라도 그 두 가지는 엄하게 가르친다. 요즘은 약간 걱정이 생기기도 한다. 나처럼 손해 보고 살까봐.

지금 내 옆에는 피를 나눈 형제는 아니지만 평생 볼 사람들이 있다. 그중 한 사람인 그 친구와 일을 하면서 나는 날개를 단 듯했다. 영업을 다녀도 힘들지가 않았다. 든든한 아군이 옆에 있는 듯했다. 영업을 다니면서 가장 중점을 둔 부분은 신뢰 쌓기였다. 영업자라면서 실력은 모자라지만 접대 아닌 접대로 일을 하려는 사람들이 많은데, 난 일의 결과를 보여줌으로써 신뢰를 쌓고자 항상 최선을 다했다.

하지만 일의 결과로 그 사람을 보지 않는 이들도 많다는 걸 알게 되었다. 직접적으로 다른 요구를 해온 이런 일만 봐도……

변수로 영업하지 맙시다!

세 달을 준비해서 한 달간 행사를 진행하는 일이었다. 준비하는 데 많은 시간을 쏟았고 다른 일은 거의 포기한 채 회사 직원이 모두 그 행사에 매달렸다. 수십 번의 미팅과 회의, 진행 틈틈이 체크하기, 3일간 서로 다른 내용으로 펼쳐지는 패션쇼, 다양한 이벤트, 온라인과 오프라인 홍보까지 우리의 노력과 흘린 땀은 돈으로 환산할 수 없었다.

클라이언트와 진행한 우리들 모두 만족해하며 행사를 마쳤다. 그

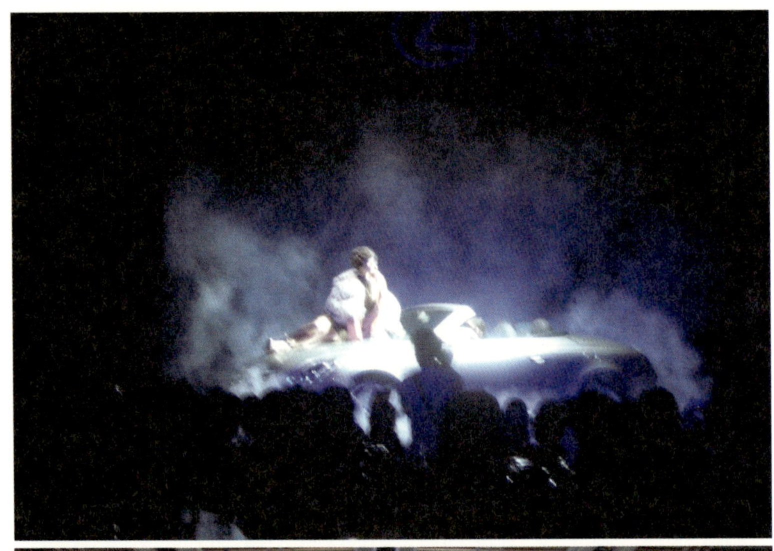

패션과는 동떨어져 보이지만 종종 모터쇼 등에 패션쇼의 감각적인 컨셉을 더해 새로운 쇼를 탄생시키기도 한다.

동안 클라이언트 쪽 사람들과 정까지 들 정도였기에 며칠 뒤 따로 뒤풀이를 했다. 서로 격려하면서 수고했다는 말을 주고받느라 즐겁게 술자리가 무르익어 갔다.

모두 기분 좋게 취해 헤어질 시간이 다가오는데, 그중 과장이라는 사람이 2차를 가야 한다고 우기기 시작했다. 물론 2차는 여자인 내가 갈 수 없는 장소였고, 이렇게까지 대접을 해야 하나 별의별 생각이 머리를 스쳐갔다. 더는 접대할 상황이 아니라 판단한 나는 부랴부랴 집에 전화해서 아이 아빠에게 도움을 요청했고 나머지 접대를 마무리할 수 있었다. 그곳에서 벌어진 행태는 자세히 옮기기가 거북하므로 생략하겠다.

그런데 거기서 끝이 났다면 잊고 넘어갈 수 있었겠지만 문제는 그다음이었다. 행사 결재를 받고 나서 그 과장이라는 사람에게서 전화가 걸려왔는데, 일상적인 인사를 주고받고 나서 한다는 말이 이랬다.

"허허, 저번 뒤풀이에 참석 못 한 윗분을 내가 접대했는데, 그 술값을 지불해 줘야겠네요."

한참을 멍하니 있었던 것 같다. 금액도 만만치가 않은 액수였다.

도저히 이해가 되질 않았다. 말이 되는 소리인가. 내가 열심히 노력해서 일을 하고 좋은 결과가 나왔으면 할 일을 다 한 거다. 이득을 더 남기겠다고 행사에 투자를 아낀 것은 조금도 없었다. 이 사람은 왜 나한테 이런 요구를 하는 것이며, 나는 지금 왜 이 사람을 상대해야 하는 것인가.

이 사람과 개인적으로 친분이 있어서 일을 맡게 된 것도 아니었다.

"정당하게 다른 회사와 경쟁해서 따낸 일인데, 도저히 이해가 가질 않습니다."

"허허, 함실장, 거 사람 그렇게 안 봤는데, 사회생활 처음 해보나?"

"저희 회사 일로 술을 사신 이유를 모르겠으니, 저는 못 드리겠습니다."

내가 단호하게 말을 마무리짓자 상대방은 알겠다며 화를 내면서 전화를 끊어버렸다.

난 이 일로 그 회사 일을 못하게 된다면 안하리라고 생각했다. 그런 회사 일은 안해도 된다고. 내가 잘못 생각하는지도 모른다. 세상 참 어렵게 산다고 고개를 젓는 사람들도 있을지 모른다. 하지만 그렇게 하면서까지 일을 하고 싶진 않았다. 다른 사람이 다 그렇게 한다고 내가 따라갈 필요는 없지 않은가. 다른 사람이 길거리에 침 뱉는다고 나도 아무 거리낌 없이 침을 뱉을 수는 없다.

몇 달이 지나서 그 회사에서 연락이 왔다. 다음 행사 건으로 미팅을 하자는 용건이었다. 그 일로 우리 회사를 내치진 않았구나, 하며 기쁜 마음으로 담당자들과 미팅을 하고 나왔다. 전무님께 인사를 드리니 저번 행사 때 고마웠다는 말씀과 함께 이번에도 잘해달라며 반

토털 브랜드의 쇼를 진행할 때는 패션쇼 외에도 액세서리 전시를 함께 진행하기도 한다.

가워하셨다. 뿌듯했다. 이런 기분에 힘들어도 내가 계속 이 일을 한다는 보람이 들었다.

그런데 돌아서서 나오는 나를 그 과장이 잠깐 보자며 아무도 없는 회의실 같은 데로 부르는 게 아닌가. 다짜고짜 하는 말이

"일만 잘한다고 되는 줄 아나 본데, 전무나 담당자들이 나보다 이 회사 오래 다닐 것 같아? 함실장, 그렇게 일하면 안 돼."

이러는 게 아닌가······.

어처구니가 없었다. 눈물이 나올 것 같았다. 내가 남자라면 힘껏

한대 때려주고 싶다는 생각이 머릿속에서 뱅뱅 맴돌았다. 겨우 마음을 추스르고 대꾸했다.

"전 지금껏 그런 식으로 일해 본 적 없습니다. 앞으로도 없을 거고요. 마음에 안 드시면 저희 회사에 일을 맡기지 마십시오."

이 말과 함께 나는 문을 열고 나와버렸다.

그 뒤 과장이라는 사람이 그 회사를 그만두고 나서도 나는 그 회사의 일을 계속했다. 그리고 아직도 내 생각엔 변함이 없다. 난 일을 완벽하게 하는 사람이고 싶고 일로 평가받기를 원한다. 그런 날이 반드시 올 것이라고 믿는다. 그래야 내 분신인 딸 지오가 더 좋은 세상에서 일을 할 수 있을 테니까.

나의 영업 마인드는 이렇다.

'지금 당장 조금의 손해가 오더라도 두려워하지 말고, 일에 자신 있다면 변수로 영업을 하지 맙시다. 잘못된 영업이 사회를 망칩니다!'

이 말만은 모두에게 큰 소리로 말하고 싶다.

바텐더 없는 칵테일 쇼?

3개월이 지나서야 가까스로 일을 맡을 수 있었다. '칵테일 쇼'라는 이벤트였다. 지금은 바도 많고 바텐더도 보편화되었지만 95년 당시

'주목받는 것의 즐거움'을 느끼는 모델의 터닝 포인트 포즈.

LEE YOUNG HEE

만 해도 아직 시작단계였다. 양재동에 있던 바에서 일하는 친구들을 보고 아이템을 얻어 기획을 했고 기존에 열린 적 없는 이벤트라 백화점에서도 관심을 보였다.

준비과정이 순조롭게 진행되고 새로운 이벤트에 모두 잔뜩 부풀어 있었다. 그런데 청천벽력 같은 소식이 전해졌다. 섭외해둔 바텐더들이 갑자기 행사를 못하겠다는 것이다.

행사 이틀 전이었다.

무슨 이유인지 말을 하지 않았다. 막무가내로 못하겠다고 통보를 해온 게 전부였다. 사색이 된 채 그 친구들이 일하는 양재동으로 바로 찾아갔다.

겨우 입을 열게 해서 들은 이유는, 자기들 개런티가 너무 싸다는 것이었다. 그럼 진작 말을 했어야지 지금 이러는 이유가 뭐냐고 물었다.

"우린 별 생각 없이 한다고 했는데, 기획사에서 우리 개런티를 많이 받아서는 이윤을 챙겼다면서요? 몰랐으면 몰라, 그걸 알고 어떻게 쇼를 해요?"

이 무슨 어처구니없는 말인지, 누가 그런 소리를 하더냐고 캐물었더니 우습게도 우리와 경쟁한 이벤트 회사에서 이들을 찾아온 것이었다. 백화점 담당자가 그 회사에 우리 기획서를 보여주자 기획사는 이번 일을 방해하겠다고 바텐더들을 찾아와 별의별 소리를 다 한 모양이었다. 유치하기가 이루 말할 수 없었다.

전후 설명을 해도 그들은 고집불통이었다. 자기들 자존심이 있어서 못하겠다며 고집을 피우는데, 영업 마치는 시간까지 아무리 설득해도 소용이 없었다.

나중에는 화가 나서 견딜 수가 없었다. 그들은 자기들이 흔한 바텐더가 아니라는 것을 알고 있었다. 본인들이 못한다면 펑크를 내는 것이고, 그럼 난 허황된 기획을 한 사람이 된다. 약속을 못 지키게 되는 것이다. 나 한 사람뿐인가, 나를 믿고 이벤트 기획을 맡겨준 백화점 담당자들, 이벤트를 기대하고 백화점을 찾을 사람들, 쇼를 준비하느라 땀 흘린 스태프들…….

자신들의 쓸데없는 오기가 여러 사람에게 피해를 준다는 것을 알면서도 무시하는 것이 화가 났다. 결국 그들에게 "내가 당신들과는 일 못 하겠어요!" 하고 소리치고는 나와버렸다.

새벽 2시가 넘었던 것 같다. 당장 내일이 두려웠다. 그렇게 나와버리면 어떡하느냐는 동료의 말에, 강남을 다 뒤져서라도 다른 바텐더 찾으면 된다고 큰소리를 치고는 집으로 돌아왔다.

큰소리는 쳤지만 사실 불안해 미칠 것 같았다.

잠도 제대로 못 잔 나는 다음날 아침부터 당장 바텐더를 찾아다니고 싶었지만 낮에 일하는 직업이 아니라 소용이 없었다. 일단 그런 분위기의 바들을 수소문해서 위치를 파악한 뒤 저녁이 되어서야 돌아다니기 시작했다. 바텐더들의 현란한 칵테일 쇼, 그것을 즐기는 사람들의 얼굴 그 아무것도 내 눈에는 들어오지 않았다. 기대와 실망이 반복되며 그렇게 몇 시간을 돌아다녔을까…… 드디어 한 곳에서 나를 구원해줄 바텐더들을 만날 수 있었다. 감사하다는 인사를 몇 번을 하고 나서 바 안쪽으로 들어가 바텐더들을 만났을 때 나의 기분이란!

기적처럼, 그러나 미리 준비한 대로 차질 없이 행사를 무사히 마칠 수 있었다. 이렇게 날 힘들게 한 행사들은 기억에 오래 남는다.

이 세상에 화려하기만 한 직업이 있으랴……

행사는 저마다 다르게 진행되지만, 매번 빠지지 않는 작업이 하나 있다. 바로 '뒷정리'다. 우리는 행사를 잘 마무리한 데 안도하면서 꼼꼼하게 뒷정리를 한다.

행사를 준비하고 시작하는 것도 중요하지만 뒷정리 또한 중요하다. 어느 장소에서 무슨 행사를 하건 철거 후의 뒷청소까지 체크해야 한다. 청소하는 사람들이 따로 있겠지만 그래도 최소한 무대를 세우기 전 상황과 동일하게 하고 나오는 것이 기본이다. 그래서 앞장서서 빗자루를 들고 청소를 하는 일도 많았다. 남을 시키기 전에 내가 본보기가 되어야 보는 이들이 '아, 반드시 해야 하는 일이구나'

모델과 셀러브리티가 하나되어 새로운 제품의 이모저모를 살피는 런칭 쇼 현장.

하고 진심으로 느끼기 때문에. 말로 아무리 중요하다고 얘기하는 것보다 이 방법이 빠르다. 패션쇼에 인생을 걸겠다고 들어온 친구가 백화점 야외에서 패션쇼를 마치고 청소를 하다가 '내가 왜 이런 일까지 해야 하나'라는 회의가 들어서 그만둔 일이 있었다.

패션쇼 연출가. 이 일은 결코 화려한 직업이 아니다. 결코 쉽게 생각해선 안 된다는 것을 다시 한번 말한다. 완전히 미칠 자신이 있을 때 뛰어들어야 한다.

나도 1년 정도 지나면서야 흐릿하게나마 기획이라든지 영업이라든지 감을 잡을 수 있게 되었다. 그러나 신생 기획사로서는 여전히 힘든 일이 많았다. 영업을 할 때도 여자라서 좋은 점도 있었지만 나쁜 점이 더 많았다. 여자를 무시하는 면이 없지 않은 사회 아닌가. 한 번이라도 일을 맡겨보면 다음 일은 편하게 따낼 수 있었지만 그 처음이 쉽지 않았다. 일단 일을 맡을 때까지 기획서를 들고 계속 부딪치는 수밖에 없었다.

패션쇼가 많은 백화점에 수십 번 방문하며 문을 두드렸다. 담당자도 나중에는 매번 다른 기획서를 내미는 나를 신뢰하기 시작했다. 결국 한번 해보자는 연락이 왔다. 역시, 노력하면 안 되는 일은 없었던 것이다.

미팅을 하기로 한 날, 기획서와 모델들의 프로필을 준비해서 미팅 장소로 들어갔다. 잠시 후 그 담당자와 팀장이 들어오는데 팀장의 표정이 영 심상찮았다. 얼굴에 '너희가 못마땅해'라고 쓰여 있는 듯했다. 왜 그렇게 적대적인지 이유를 알 수 없었지만 끝까지 웃으면서 시스템(무대, 조명, 음향)과 연출 콘셉트에 대해 세세하게 설명했다.

하지만 팀장은 무엇 하나 긍정적으로 받아들이지 않고 끊임없이 말도 안 되는 소리만 해댔다. 팀장이 왜 그랬는지에 대해서는 미팅을 마치고 담당자에게서 들을 수 있었다.

"팀장님이 추천하는 기획사가 아니라서 그래요. 사실 저도 부담이 이만저만 아닙니다. 행사가 잘되지 않으면 전적으로 제가 추궁당해요."

난 믿고 맡겨주셨으니 우리도 최선을 다하겠다는 말을 남기고 회사로 돌아왔다.

3일간 하루에 두 번씩 진행하는 패션쇼다. 매일 무대는 바뀌어야 하며 매번 다른 의상으로 쇼를 진행해야 했다.

행사 전날. 백화점 영업이 끝나고 나서야 시스템을 점검하고 세팅을 시작할 수 있었다. 아침이 되어서야 설치가 모두 끝났고, 백화점 담당자들이 오기 전에 어수선한 행사장을 청소하느라 분주히 움직이기 시작했다. 팀장의 태도로 봤을 때 하나라도 책잡힐 것은 만들지 말아야 한다고 생각해서였다. 드디어 팀장과 담당자가 도착했다. 모든 것이 완벽했다.

하지만 팀장은 아니었다. 무대 시안에도 없는 꽃 장식을 하라는

백스테이지에는 모델들이 바로바로 착용할 수 있도록 의상과 액세서리 등이 가지런히 정리되어 있다.

등, 돋보기로 무대를 들여다보며 틈새가 보인다는 둥 팀장의 히스테리는 끝이 없었다.

그래, 누가 이기나 한번 해보자는 생각이 발동했다. 나는 웃음을 잃지 않으며 트집을 잡으면 잡는 대로 즉각 해결해주었다. 부당하다며 항의해봐야 목소리만 커질 테고 그걸 빌미로 잡혔다가는 잘해놓고도 바보가 되어버릴 수 있다. 리허설을 할 때도 마찬가지였다. '저 모델은 워킹이 왜 저래?' '어떤 손지 알고나 하는 거야?' 등등. 본인이 고른 모델들임에도 생트집은 끝이 없었다.

3일 내내 팀장에게 시달리느라 잠시 앉아 있을 틈도 내지 못했다. 앉기는커녕 밥 먹을 시간, 물 마실 시간도 없었다. 첫날 행사를 마치면 다음날 행사를 위해 무대를 변형해야 하고 그에 맞는 연출 콘티도 생각해야 했다. 백스테이지도 마찬가지였다. 하루 두 번의 패션쇼를 위해 30개 브랜드의 의상을 수거하고 모델별로 정리하고, 모두 끝나면 반납과 함께 다시 정리를 하느라 거의 혼이 나가 있었다. 그래도 이 행사를 마치고 나면 우린 또 많이 배우고 느낄 것이었다.

마지막 날 마지막 패션쇼를 마치고 나는 그 자리에 주저앉았다. 한숨이 절로 나왔다. 브랜드 쪽에서도 담당자 쪽에서도 '쇼가 정말 좋았다, 3일간 정말 고생했다'고 말하며 고맙다고 할 때서야 비로소 모든 긴장이 풀렸다.

그런데 고생은 그걸로 끝이 아니었다. 행사를 마치고 점검을 하는

데 브랜드에서 협찬 받은 옷을 분실한 것이다. 최악의 실수였다. 어딘가 다른 브랜드 의상과 섞인 것이겠지만 백스테이지에서 의상을 제대로 관리하지 못한 것은 이유여하를 막론하고 있어서는 안 되는 일이다. 변명도 무마하려는 시도도 하지 않았다. 잘못을 인정하고, 고가의 의상들을 모두 변상했다. 그래도 자책하지 않을 수 있었던 건, 그 일이 우리에게 교훈이 되리라는 생각에서였다. 한 번 실수는 병가지상사라 하지 않았던가. 한 번은 실수할 수 있다. 그것을 인정하고 두 번은 하지 않으면 된다.

이렇듯 정말이지 행사는 하면 할수록 모르던 부분이 새록새록 다가온다. 화려함의 이면에서 온갖 고생을 맡아 하는 직업이지만 매번 다르게, 예측 못 한 모습으로 다가오기에 항상 긴장을 늦출 수 없는, 그래서 더 매력적인 현장. 정말 끝없이 느끼게 해주고 나를 자극하게 하는 작업이다.

감각적인 처세술

우린 다양한 패션쇼를 진행한다. 디자이너 컬렉션일 수도 있고 브랜드 단독 쇼일 수도 있으며, 대학교 졸업 패션쇼 또는 백화점 패션쇼일 수도 있다. 어느 패션쇼를 기획하고 연출하든 중요한 것은 매번 같은 방법으로 진행할 수는 없다는 점이다. 경험은 계속 쌓이겠지만 결코 느슨하게 생각해서는 안 된다.

상황은 매번 다르다는 것, 그때마다 우리도 다르게 대처해야 한다는 것은 잊지 말아야 할 중요한 문제다. 그래서 연출가의 자격요건을 묻는 이들에게 내가 반드시 말하는 것이 있다.

'감각'

여기서 말하는 감각은 옷에 대한 것이 아니라, 여러 상황에 대처할 수 있는 순발력 즉 감각적인 처세술을 말한다. 이것이 없는 사람은 포기하는 게 좋다.

패션쇼를 하기 위한 발판으로 한창 이벤트 기획을 하던 때였다. 미팅에 들어갔더니 담당자가 웃으면서 나에게 말을 한다. 예산은 얼마인데 열흘 동안 행사를 할 수 있겠느냐, 할 수 있다면 좋다, 맡아라.

금액과 10일간의 이벤트 프로그램을 보여주는데 상상을 초월한 금액이었다.

'날 시험하는구나. 못 한다고 하면 다시는 이곳 행사를 맡을 수 없다!'

하지만 손해를 보면서 일할 수는 없는 것이다. 투자라고 생각하는 사람도 있겠지만 난 그렇게 생각하지 않는다. 우리가 그들이 원하는 대로 일을 진행해주면 그들은 다른 기획사에도 같은 요구를 할 것이다. 결국 제 살 깎아먹기다.

리허설 중 인터콤을 쓰고 콘솔 밖으로 잠시 나왔을 때. 우리 차림만 보면 무슨 일을 하는 사람인지 다들 안다.

계산기를 달라고 해서 그들 앞에서 열심히 계산을 해보았다. 아무래도 답이 나오지 않는다.

"이벤트 프로그램은 이대로 하겠지만 세부 내용을 금액에 맞추어 조정해도 될까요?"

행사는 10일 동안 하겠지만 상황에 따라 규모를 축소하겠다는 말이다. 내 제안에 그들이 좋다고 했다. 그럼 하겠다고 대답했다.

팀원 모두 머리를 짜내 열흘 동안 알뜰하게 이벤트를 진행했다. 다른 출연진 없이 레크리에이션 강사 한 명만 섭외해서 행사를 진행하기도 하고(그때는 백화점 측에 관객들에게 나누어줄 상품을 요구하면서) 그들이 원하는 콘셉트는 다 유지하면서(집객 유도, 서비스, 호응) 진행을 했다. 담당자들도 흡족해하면서 행사는 차질 없이 진행되고 있었다.

나흘째였나, 행사를 진행하고 있는데 책임자인 나에겐 말도 없이 백화점 측 담당자가 사회자에게 프로그램에도 없는 내용을 해달라고 요구하는 모습을 보았다. 아무리 클라이언트라도 각자의 포지션을 벗어나선 안 된다고 믿는 나는 가만히 있을 수 없었다. 함께 일하는 친구에게 클라이언트가 출연진에게 직접 부탁하게 두고 백스테이지에서 무얼 했냐며 불같이 화를 냈다. 담당자가 사과하며 자기 실수라고 나를 말릴 때까지 화내기를 멈추지 않았다. 그 친구에게는 미안했지만 담당자가 두 번 다시 그러지 못하게 액션으로 보여줄 수밖에 없었다.

본인들이 직접 섭외를 하고 진행할 수 없어서 기획사에 맡겼으면 모든 의논은 우리와 해야 한다. 그들을 보고 일하러 온 사람들은 없었다. 어디까지나 우리 회사를 위해 온 사람들일 뿐인 것이다. 클라이언트를 위해 고용된 사람들은 기획사인 우리니, 그 다음은 우리가 하는 것이 일의 순서다.

그후 담당자들은 선을 지키며 다시는 그런 실수를 하지 않았다.

행사를 마치고 뒤풀이를 할 때였다. 담당자가 다가와 처음에 나를 호락호락하게 본 것을 시인했다. 그 인연으로 그와 우리 회사는 인연이 계속 이어졌고, 그 담당자가 아파서 일을 쉬었을 때나 다시 일을 시작했을 때나 늘 좋은 인연으로 남을 수 있었다.

폭설 속에서 더욱 빛나던 내 인생의 패션쇼

앞에서도 언급했지만 요즘은 패션쇼 장소를 자유롭게 선정한다. 규격화된 장소에서 벗어나 주차장, 가건물, 운동장 등 다양한 장소에서 패션쇼 진행이 가능하다.

고수부지에 있는 선상카페를 행사 장소로 결정하고 기획한 적이 있다. 한강을 바라보며 패션쇼를 진행한다는 사실 하나만으로도 이슈가 될 만한 장소다. 하지만 연출가로서 장소를 봤을 때에는 장소

가 주는 특색 있는 분위기를 살리기에는 패션쇼의 규모가 너무 작아질 듯했다. 낮은 천정과 막혀 있는 가벽들 등 실내구조가 좋지 않아, 주인공인 패션쇼는 그리 부각되지 않고 장소가 주는 이미지의 느낌이 더 클 상황이다.

하지만 클라이언트가 실내에서 진행하기를 원하는 상황이니 내가 독단적으로 고집을 부릴 수는 없다. 이럴 때 설득력 있는 기획이 필요하다.

나는 기획을 두 가지 아이템으로 잡았다. 첫 번째 아이템은 선상 카페로 들어오는 야외 대형 입구에서 패션쇼를 하고 패션쇼가 끝나면 카페로 들어가서 파티를 하는 방식, 두 번째 아이템은 실내공간을 이원화해 패션쇼와 파티를 진행하는 방식이었다. 아이템에 따라 시스템도 프로그램도 바뀌게 마련이다. 여러 가지 콘셉트에 맞는 프로그램과 시스템을 정리해서 기획을 하고, 기획서도 두 가지 아이템을 눈으로 비교할 수 있게 디테일한 형식으로 작성했다.

역시 프레젠테이션을 마치고 나니 야외에서 패션쇼를 하는 아이템이 선정되었다. 하지만 작업하기는 두 배 아니 세 배는 힘이 드는 결정이었다. 3월 초에 야외에서 S/S 패션쇼를 진행하는 데는 여러

쇼의 시각적 효과를 높이기 위해 모델에게 통일감을 주는 장치를 썼다.(Show by KUHO)

가지 문제점이 있다. 3월 초, 해가 진 저녁시간은 기온이 떨어져 봄보다는 겨울을 느끼게 하는 조건이다. 패션쇼에 출연하는 모델들뿐 아니라 쇼를 관람하는 관객들의 추위까지 다 감안해야 하니 이런저런 문제가 생기지 않겠는가.

야외행사를 진행할 때는 날짜를 정하는 것도 쉽지 않다. 비가 올지도 모르는 일이니 일기예보를 통해 어느 정도 안심할 수 있는 시점에 날짜를 확정해야 한다. 결국 시스템, 의상, 모델 등을 완벽하게 준비하고 나서야 날짜를 확정할 수 있었다.

날짜는 확정되었지만 그래도 만약의 대비책이 필요하다. 행사 전날 설치를 하는데 갑자기 비가 온다거나, 행사 당일 오전에 비가 오는 상황 등이 있을 수 있었다. 이런 사항들을 클라이언트와 충분히 상의한 뒤, 바람을 막을 수 있는 가벽 설치와 난방 시스템 구비 등 모든 것을 완벽히 준비하고 행사 전날 밤을 꼬박 새워 세팅을 했다. 많은 물량의 시스템 설치를 위해 스태프들이 야외에서 밤이 새도록 추위를 뒤로하고 작업을 한다. 이렇게 힘든 작업이지만 매번 열심히 할 수밖에 없는 건, 다음날 우리 머릿속에 그린 대로 환상적인 패션쇼가 연출되리라는 기대감 때문이 아닐까.

무대, 조명, 음향, 특수효과, 우리 스태프들…… 힘들고 고된 작업을 같이 하면서 더욱더 정이 들어가는 것 같다. 서로 같은 마음으로 힘들게 일한다는 것이 서로에게 얼마나 큰 위안이 되는지 모른다. 다시 한번 느끼지만 같은 마음으로 같이 갈 수 있는 사람들과 함께 일하는 나는 행복한 사람이다.

행사 당일 아침. 눈부시게 맑은 하늘에 감사하며 마무리 작업에 열중했다. 모델을 비롯해 모든 출연진이 속속 모여들고 클라이언트들이 도착하면서 고대하던 리허설을 시작하려는 순간, 갑자기 하늘이 깜깜해지더니 몇 년 만에 내린다고 했던가…… 일기예보에도 없던 폭설이 내리기 시작했다.

어이가 없다. 비를 걱정했는데 눈이라니. 하염없이 함박눈이 내리고 있었다. 머릿속이 멍해진다. 클라이언트를 비롯해서 모두들 실내로 패션쇼장을 옮기자고 한다. 선택의 여지가 없다. 실내로 들어가 리허설을 해보니 정말 느낌이 오지 않는다. 저렇게 밤을 새워 꼬박 작업한 시스템들을 다 포기하고 실내에서 간단하게 쇼를 하자니…… 이건 아니다.

이 패션쇼를 위해 준비된 퍼포먼스 오토바이 팀, 경찰과 실랑이해가며 설치한 특수효과, 추위와 싸우면서 설치한 무대, 평탄한 바닥이 아니라서 무게중심을 바꾸어가면서 설치한 트러스와 조명……. 그때 리허설을 마치고 나가던 모델 가운데 한 명이 나에게 슬며시 이렇게 말을 했다.

"실장님, 밖에서 쇼 하고 싶어요."

"너희 안 춥겠니?"

오기를 넘어 광기로 진행된 폭설 속 패션쇼의 감동을 오래도록 기억하기 위해 그때의 사진을 지금도 내 책상에
붙여 놓았다.

"전 괜찮아요."

이 말에 힘을 얻었다. 클라이언트를 설득하기 시작했다. 스태프들
에게 관객을 위한 천막을 구해오라 했다.

클라이언트도 아쉬운 마음은 나와 비슷하려니 싶었다. "괜찮을
까……?" 염려하는 말과 함께 선뜻 결정을 내리지 못한다. 비가 아
니고 눈이라면 괜찮다, 관객을 위해서는 천막을 준비하면 된다, 조명

과 특수효과가 빛을 발할 것이다, 달뜬 목소리로 설득하기에 바빴다.

진심은 통하는 법, 그렇게 눈 속의 패션쇼 준비가 시작되었다.

천막을 설치하고 난방기구도 보강하고, 모델들에게 너희도 멋지게 패션쇼를 하는 것이 낫지 않겠냐, 눈을 맞으며 멋지게 한번 해보자며 기를 북돋아주는 것도 잊지 않았다.

모든 것이 준비되었다. 이제 시작만 하면 된다. 시스템 스태프들, 우리 스태프들이 두꺼운 파카에 물이 뚝뚝 흐를 정도로 눈을 맞으며 최종 점검에 들어갔다. 앞이 잘 보이지 않을 정도였다면 어느 정도의 폭설이 내렸는지 짐작할 것이다. 이쯤 되면 춥지도 않다.

드디어 오토바이 굉음과 폭죽이 쇼의 시작을 알렸다.

난 평생 이날을 잊지 못할 것이다. 폭설 속에 진행된 그 패션쇼를…….

조명, 음악, 모델 거기다 하얗게 내려오는 눈까지. 완벽하게 조화된 환상적인 패션쇼를 바라보며 예의 그 척추까지 저린 느낌이 전해졌다. 아마 내가 연출을 그만둘 때까지 한 번 해볼까 말까하는 쇼가 아닐지. 마지막에 윗옷을 벗어 집어던진 모델(내게 용기를 준 그 모델이었다)까지, 정말 눈물이 나올 정도로 감동을 받은 무대였다.

쇼를 마치고 모두 파티장소로 들어간 무대. 그 앞에서 내가 손으로 V를 그리며 찍은 사진이 지금도 내 책상에 붙어 있다. 하지만 그 감동에서 미처 깨어나기도 전에 스태프들은 조명 때문에 한바탕 씨

일본에 초청받아 이루어진 이영희 선생님의 정통한복패션쇼. 선생님 쇼를 연출할
때마다 느끼는 것이지만 한복의 아름다움은 세계무대에서 전혀 손색이 없다.

Hogan launching party. 청담동에서 진행된
런칭 행사로 쇼가 없는 순수 전시와 파티로만 구성되었다.

름을 벌여야 했다. 눈 속에 그대로 방치된 조명 기구들이 문제였다. 조명마다 수북이 쌓인 눈을 치우느라 정신없던 우리, 결국 그날의 패션쇼는 고액의 장비가 고장난 결과를 남겼다.

그래도 난 그날의 패션쇼를 후회하지 않는다. 조명 오퍼레이터도 언제 다시 이런 패션쇼를 해볼 것인가. 사랑하는 일에서 최상의 감동을 받은 순간, 그것은 그 어떤 고가의 장비에도 비교가 되지 않는 가치를 지닌다.

여담이지만 그 뒤 조명팀은 비나 눈이 올 때를 대비해 조명마다 우비를 맞추었다고 한다. 그날의 패션쇼가 준 타격이 너무 컸기 때문이란다.

임신과 출산, 진정한 프로로 거듭나다

기획 일을 한 지 2년이 지나면서 아기를 가졌다. 일을 미친 듯이 해서일까, 내 분신을 태어나게 하기 위해 많이 힘들어해야 했다.

힘들게 가지고서도 조마조마하게 몸을 지탱해야 한 날들이었다. 3개월까지 거의 누워 있어야 했고, 3개월이 지나면 괜찮다는 의사의 말에 무리했다가 병원에 입원하기도 했다. 그렇다고 일을 쉴 수는 없었지만 내겐 내 분신도 소중했다. 영업하느라 뛰어다니진 못하고 한약을 먹으면서 6개월을 넘길 때까지 거의 누워 있다가 쇼만 있으

백일이 갓 넘은 나의 분신 지오. 잡지 인터뷰 중 한 컷.

면 연출을 하러 나갔다.

그래도 6개월 이후부터는 일을 적극적으로 할 수 있었지만 배가
부른 몸으로 일을 하기가 쉽지는 않았다. 지오가 효녀여서 그랬는지
모르지만(웃음), 중요한 행사를 앞두고 아기는 세상에 일찍 나와주
었다. 덕분에 난 행사에 나가 연출을 할 수 있었다.

지오가 태어나고 나는 다시 뛰기 시작했다. 힘은 두 배로 들었지
만 일에 대한 욕심은 사그라지지 않았다. 얼마 후 강남으로 사무실
을 옮기고 홈페이지도 만들고, 그렇게 열심히 한 만큼 조금씩 회사
는 성장해갔다.

딸이 태어나면서 내겐 목표가 하나 더 생겼다. 나의 분신을 위해

서 더 열심히 일하겠노라는. 엄마가 자랑스러울 수 있게 더 열심히 일을 해야 한다는 목표가 더해진 것이다. 하지만 둘 중 어느 하나에 무게를 둘 수는 없다. 하나를 희생시킬 수도 없다. 그건 진정한 프로가 아니므로.

일하러 나가서는 오직 일에 최선을 다했다. 일이 많아도 어떻게든 주어진 시간 안에 일을 끝냈다. 아이가 있다고 예외일 수는 없으니까. 그리고 집에 돌아오면 회사 일은 모두 잊고 지오에게 최선을 다했다. 일할 때는 아이가 생기더니 나태해졌다는 애기를 듣지 않으려 노력했고, 집에서는 일하느라 아이를 등한시한다는 애기를 듣지 않으려 노력한 것이다. 그런 생활이 육체적으로 힘들었지만 그 어느 때보다 행복했다. 원하는 두 가지를 모두 얻었기에 늘 감사했고, 내가 원해서 최선을 다할 수 있었기에 늘 행복했다.

회사가 자리를 잡아, 지속적인 영업은 필수였지만 일은 안정적으로 들어오기 시작했다. 그렇다고 나태해질 순 없었다. 계속해서 새로운 기획사가 생겨났고, 실력이 아닌 영업만으로도 얼마든지 밀려날 수 있는 시장임을 잘 알기에 긴장을 늦출 수 없었다.

이제 중요한 것은 회사의 이미지였다. 타 회사와 경쟁해서 이윤을 남기기보다는 투자를 아낌없이 함으로써 신뢰를 쌓고자 노력했다. 예산이 없을 때는 인건비를 줄이기 위해 직접 무대 데커레이션을 하는 일도 많았다. 추운 겨울 손이 빨갛게 퉁퉁 부을 정도로 태커(tacker)를 들고 작업하기도 했는데, 기온이 떨어진 밤에는 아무리 체력이 좋아도 견디기 어려웠다.

봄 신상품 패션쇼였는데, 패션쇼는 항상 계절보다 앞서나가야 한다. 컬렉션만큼은 아니지만 일반적으로 패션쇼는 시즌을 앞서간다. 아직 겨울이지만 무대에 봄을 느끼게 해주고 싶었다. 나는 무대 디자인을 의뢰하면 시간이 너무 많이 소요되어 직접 그리곤 했는데, 그때도 봄을 테마로 직접 디자인을 구상했다. 프로의 실력처럼 되지는 않지만 내가 원하는 시스템이 실현 가능한지를 직접 작업해보면서 알 수 있어 그런 작업은 연출가에게 여러 모로 도움이 되었다. 어떤 아이템이든 실현 가능의 여부도 모른 채 아이디어를 낸다면 시간 낭비가 크지 않겠는가.

당시 상황에서 사실 견적을 생각하면 욕심내면 안 되는 상황이었지만 나는 기획자인 동시에 연출가였다. 애착이 있어선지 패션쇼에서는 쉽게 포기가 되지 않는다. 게다가 디자인을 하다 보니 더욱 욕심이 생겨 백드롭에 꽃을 장식하고 싶다는 생각을 떨칠 수가 없었다. 조경팀에게 견적서를 받아보니 역시나 비용이 엄청났다. 그렇다고 순순히 포기할 일이었으면 애초에 견적을 내보지도 않았을 것이다. 최소 경비로 조경을 할 수 있는 방법을 알아보기 시작했고 그 결과 스태프들과 직접 설치하는 방법을 선택하게 되었다.

그 일은 결과적으로 내게 좋은 경험이 되었지만 지금 생각해도 정말 힘든 일이었다. 어두운 무대에서 조그만 난로를 가져다놓고 사다리를 타고 올라가 꽃을 하나하나 백드롭에 장식했다. 난롯불에 의지해서 작업하기에는 정말 추운 밤이었다.

백드롭이 그렇게 크다고 생각한 것은 그날이 처음이다. 시간이 얼마나 걸렸는지 모른다. 나중에는 추위도 느끼지 못할 정도로 몸이 얼어서야 꽃 장식을 완성할 수 있었다. 아침에 도착한 담당자들은 우리 스태프들이 작업한 줄은 모르고 데커레이션이 완벽하다고 칭찬을 아끼지 않았다. 그런 칭찬과 성취감, 만족 때문에 모두 전날 그렇게 고생을 했나 보다.

그래도 싼 가격에 조화를 구입한 덕분에 그 시즌 동안 다양한 콘셉트로 꽃 장식을 한 백드롭을 사용할 수 있었다. 설치 때마다 육체적으로 고생은 했지만, 본전은 충분히 뽑아야 했으니까.

이미 돌이킬 수 없다면,
적극적으로 해결하자

일반적인 의상 패션쇼와는 다르게 구두, 핸드백, 보석 등이 메인인 패션쇼를 준비할 때 생긴 일이다.

의상 패션쇼는 의상을 부각하기 위해 구두, 핸드백, 스카프, 보석 등이 필요하다. 하지만 구두, 핸드백, 액세서리를 위한 쇼에서는 의상에 이들이 묻히지 않게 해야 한다. 이럴 때는 그에 맞는 의상을 따로 제작하거나, 콘셉트를 정해 한 컬러로 구성된 의상을 협찬받아야 하는 일이 생긴다. 스타일리스트의 능력이 관건인 행사라 할 수 있다.

백화점에서 이런 잡화 관련 쇼를 할 때는 열 개 이상의 다른 아이템의 브랜드(예를 들어 구두 브랜드 넷, 스카프 브랜드 넷, 핸드백 브랜드 넷으로 구성되는 경우가 많다)들의 콘셉트를 강조하며 패션쇼를 진행하기 위해 스테이지마다 의상이 달라지게 한다. 꼭 그래야 하는 건 아니지만 연출가, 기획자가 편하게 일을 하고자 의상 한 가지의 아이템으로 쇼를 한다면 참여하는 브랜드들이 쇼에 참여하는 의미가 없어진다고 생각한다. 그렇다고 비용적인 부분을 무시해서도 안 되지만.

항상 저예산에 최대의 효과를 낼 수 있어야 좋은 연출가, 기획자라고 생각하는 것이 현실이지 않은가. 저예산으로 스테이지마다 브랜드 성격과 나의 연출 의도를 살릴 의상을 구할 방법을 찾아야 한다. 먼저 스태프들과 회의를 하며 심플한 디자인의 의상 사진들을 샘플로 추려낸다. 이후 시장으로 나가서 여러 가지 천 가운데 우리 콘셉트에 맞는 천을 직접 구입했다.

구입한 천으로 의상을 제작하는 일은 의상학과 학생을 섭외해 맡기기로 했다. 의상학과를 졸업한 스태프 한 명이 모교 후배에게 부탁을 했고 일주일의 시간을 주기로 했다. 긴 일정은 아니지만 우리가 원하는 디자인은 정말 간단했다. 마음먹고 한다면 사흘이면 충분할 것이었지만 넉넉하게 일주일을 주기로 한 것이다.

일단 완성되는 대로 의상을 받기로 했는데…… 처음에는 속도감 있게 완성된 의상을 내놓더니, 아무래도 학생이 일주일간 하기에는 쉽지 않은 작업이었던 모양이다. 주변 친구들은 놀기 바쁜데 매일 학교에 남아서 혼자 작업하려니 얼마나 지루했겠는가. 지금은 그 마음을 이해한다. 어린 친구에게 너무 많은 책임을 맡긴 것이 모험이라고도 생각하고. 하지만 이해한다고 실망감까지 사라지는 건 아니다. 나도 그런 나이를 지나온 사람이지만 책임 못 질 행동은 하지 말아야 한다고 생각하며, 일단 맡았으면 일에 최선을 다해야 한다고 생각하기 때문이다.

결국 그 친구로 말미암아 문제가 생겼다. 행사 전날인데 남은 의상 여섯 벌이 도착하지 않은 것이다. 전화 연락도 되지 않았다. 나는 그 사실을 행사 당일 오전에야 알게 되었다. 스태프들은 설마설마하며 나에게 말을 하지 않은 것이고, 보고를 받은 나는 돌아버리기 직전이었다. 연락이 되지 않으면 어젯밤에라도 그를 찾으러 학교건 집이건 수소문을 해야 할 것 아닌가. 앞으로 남은 시간은 불과 몇 시간인데, 한 스테이지의 의상이 없는 상태로 어찌 패션쇼를 연출하라는 것인지. 사전에 그 브랜드에게 확인까지 받은 의상들을 어떻게 해결하라는 것인지 막막했다.

난 스태프들에게 미친 듯이 화를 내기 시작했다. 하루 전에만 보고를 했다면 시장을 돌아다녀서라도 의상을 구입했을 것이고 빌릴 수도 있었을 일인데, 이렇게 당일에야 사고를 얘기함으로써 전날 10만 원으로 해결할 상황이었다면 오늘 100만 원 이상 들여 해결하는 상황으로 만들지 않았느냐고.

문제가 생기면 바로 보고를 해야 할 것이 있고, 나중에 보고해도 되는 것이 있다. 또한 본인 잘못으로 야기된 사고라도 바로 얘기하면 혼은 나겠지만 신속히 해결됨으로써 그 사람의 능력이 이 문제로 평가받지는 않는다. 하지만 혼날 것을 두려워해 인정하지 않고 계속 미루다 보면 사고가 커지고 결국은 그 사람의 잘잘못 차원을 넘어 회사 전체의 문제가 되어버린다. 그리고 그런 결말은 그 사람의 능력 평가와 직결된다. 나는 스태프들에게 잘못이 있으면 바로 인정을 해야 한다고 항상 말한다. 자기변명이 많은 사람은 일을 못하는 사람이다. 잘못을 깨끗이 인정하고 해결하기 위해 부단히 노력하는 사람은 두 번 실수하지 않는다. 하지만 자기변명이 많은 사람은 자기 합리화를 위해서라도 잘못을 인정하지 않기 때문에 두 번, 세 번, 네 번 계속해서 실수를 한다.

일단 그 학생은 오늘 만나기는 그른 상황이니 화가 나더라도 다른 방법을 찾아야 했다. 우선 백화점으로 향했다. 비슷한 콘셉트의 의상이 있는 매장 몇 군데를 조사하고 다시 추리기를 몇 번…… 두 군데 매장으로 압축한 다음 막무가내로 들어가서 설득하기 시작했다. 백화점 근처에서 패션쇼를 하는데 여기 의상이 쇼와 콘셉트가 정말 잘 맞는다, 협찬을 해주면 내레이터를 통해 브랜드 네임을 홍보하겠다, 패션쇼를 보고 백화점에 오는 손님들이 꽤 많을 것 같다 등등 협찬하면 좋은 점들을 있는 대로 나열하며 설득한 것이다. 물론 거짓으로 말 한 부분은 없다. 우리나라 말은 구사하는 방법에 따라 10을 애기해도 100처럼 느끼게 할 수 있지 않은가.

천만다행으로 두 매장에서 모두 의상을 협찬받을 수 있었다.

　그 다음은 브랜드 측에 의상이 바뀐 것을 자수하는 일이 남았다. 담당자를 찾아가 의상이 바뀌었다고 솔직히 얘기했지만 바뀌게 된 경위는 사실대로 말하지 않았다. 이왕 바뀐 결말이라면 나쁘게 만들지 않는 게 현명하다고 판단했기에. 내가 설명한 이유는 이랬다.

　제작된 의상이 브랜드 제품보다 질적으로 떨어지는 것 같아 급하게 스타일리스트를 섭외해서 의상을 협찬받았다. 제품을 살리기 위해 우리가 임의로 교체했는데 어떠시냐고 말이다. 물론 브랜드 쪽에서는 흔쾌히 받아들였다. 그들의 브랜드가 격이 높다는 얘기며 그래서 연출가가 욕심이 생겨 비용도 안 들이고 의상을 협찬받았다는데 싫다고 할 이유가 없지 않은가.

　이렇게 해서 무사히 행사를 마칠 수 있었던 그 패션쇼는 위기에 대처하는 법을 다시 한번 생각하게 한 계기였다.

프레타 포르테 VS 오트 쿠튀르

프레타 포르테 패션 디자이너가 가장 선망하는 컬렉션으로, 프레(Pret/준비)와 포르테(A Porter/입다)라는 의미의 불어로서, Ready to wear 즉, 기성복을 총칭한다. 자유롭고 독창적인 세계의 디자이너들이 펼치는 화려한 패션축제로, 그 어느 컬렉션보다 우아하고 아름다운 시크함을 느낄 수 있다. 1960년대 오트 쿠튀르의 퇴조에 따라 1970년 파리에서 결성되었으며, 1971년 컬렉션을 개최하면서 현재까지 이르게 되었다. 프레타 포르테는 파리뿐만 아니라 파리 패션연합회에서 공인하는 요건을 갖추면 어느 곳이나 개최가 가능하며, 현재 뉴욕에서 시작하여 파리, 런던, 파리의 본행사, 밀라노, 도쿄, 홍콩으로 이어지는 순회 컬렉션이 이루어지고 있다. 부산에서도 2000년 9월에 처음 개최한 후 정례화에 합의하여, 기존의 프레타 포르테 순회에 동참하는 7번째 도시가 되었다.

대표 디자이너

70년대 : 소니아 리키엘, 쿨로드 몬타나, 장 클로드 카스텔 바작, 이세이 미야케, 겐조, 니엘 에쉬떼

80년대 : 장 폴 고티에, 페에르 위글러

90년대 : 마르탱 마르젤라, 안 드뮐메스터, 헬무트 랭, 존 갈리아노

현재는 규격과 콘셉트도 모두 초월하여 아이디어와 창작력만이 전부인 시대를 열고 있음.

장소 및 개최 시기

1년에 2회, 3월 초 F/W 그리고 10월 초에 S/S가 열린다. 루브르 박물관에 위치한 ‘Carrousel du Louvre’(4개의 방)에서 대부분의 패션쇼가 진행되나, 몇몇 독창적인 디자이너들은 다른 장소를 선택하기도 한다.

오트 쿠튀르 오트 쿠튀르(Haute Couture)는 어원상으로는 '고급 맞춤복'이라는 뜻으로, 한 땀 한 땀 디자이너들이 직접 수공으로 제작하는 완벽한 장인정신과 창조적인 디자인의 맞춤복 컬렉션이다. 기성복이라는 의미의 프레타 포르테와 가장 구별되는 것도 바로 이 점. 1868년 샤를르 프레데릭 워리를 중심으로 〈쿠튀르 조합〉 조직 결성 이후, 1884년 안정세를 거쳐 1911년경 오늘날과 같은 오트 쿠튀르를 형성하게 되었다. 가장 창조적이고 예술적인 컬렉션으로 인정받고 있으며 판매보다 보여주기 서비스, 자기 과시, 명예의 상징에 초점을 맞추고 있다. 현재는 그 '생명의 불꽃'이 사그라지고 있다는 평가를 받으며, 대중성이 점차 약화되면서 해마다 관람객의 규모는 작아지고 있으나, 오트 쿠튀르의 예술적 가치의 의미는 커지고 있는 추세이다.

가입요건

까다로운 가입요건으로 명성이 높은 오트 쿠튀르의 정식 멤버 가입요건은 다음과 같다.

1. 디자이너 작업실이 파리에 있어야 함.
2. 치프디자이너가 직접 제작한 의상이 75점 이상 발표되어야 함.
3. 20명 이상의 팀원이 구성되어야 함.
4. 3명 이상의 전속모델을 보유하고 있어야 함.
5. 1년에 두 번 S/S, F/W 시즌에 프레스 앞에서 컬렉션 개최를 해야 함.

대표 디자이너

샤넬, 크리스찬 디오르, 크리스찬 라크로와, 하나에 모리, 지방시, 엠마누엘 웅가로 등이 있으며 최근에 오르지오 아르마니가 추가되었다.

장소 및 개최 시기

1년에 2회, 1월에 S/S, 7월에 F/W가 열린다. 프레타 포르테보다 상대적으로 소규모이며 오랜 고객과 프레스를 중심으로 발표된다. 본사나 호텔 또는 고풍스러운 건물(박물관이나 오래된 학교)에서 열린다.

3주간의 몰아치기!

컬렉션 기간(매년 가을, 다음해 봄과 여름의 국내 패션경향을 선보이는 행사)에는 정말 미친 듯이 뛰어다녀야 한다. 행사 당일뿐만 아니라 준비기간까지 거의 3주 동안 컬렉션에 집중하지 못하면 낙오하는 연출팀이 될 뿐이다.

보통 하나의 컬렉션을 준비할 때 소요되는 일정은 적게는 한 달, 길게는 3개월 이상씩 준비기간을 두고 일을 한다. 하지만 컬렉션 기간에는 3주라는 짧은 기간에 많은 디자이너들과의 컬렉션을 준비해야 한다. 디자이너 한 명의 컬렉션이 아니라 많게는 10여 명의 디자이너들과.

나는 여러 디자이너들과 작업을 한다 해서 비슷하게 진행한다거나 하는 얄은 방식의 연출을 해서는 안 된다고 생각하기 때문에 컬렉션 기간에는 거의 귀신처럼 일을 한다. 동료들은 독사라고 표현하기도 한다. 내가 그러는 이유는 하나라도 놓치지 않기 위한 노력이라고 보면 된다. 하나라도 놓칠 수 없는 연출가의 마음을 어떻게 전달해야 할까. 또한 매 시즌 같은 디자이너와 작업한다 해서 그 디자이너만의 색깔만 살리고 변화가 없으면 안 되므로 아이디어가 미치도록 굶주려 있는 상태다. 아마도 그때의 나는 늑대인간일 것이다.

매번 이 기간이 오면 마음의 준비를 해야 한다. 폭풍예보에 한층 분주한 대비반처럼, 우리끼리는 우스갯소리로 몰아치기라고 표현하기도 한다. 컬렉션 시즌을 몇 번 경험하고 난 지금은 처음보다는 느긋한 마음으로 준비하는 여유조차 느낄 때가 있다. 과연 이번 시즌에는 어떤 공부를 하게 될 것인가 하는 은근한 기대심리까지 생긴다.

매번 힘들게 컬렉션을 작업하지만 그때마다 나는 공부를 하는 기분으로 컬렉션에 뛰어든다. 디자이너 선생님들과의 만남은 많은 공부를 하게 하며 새로운 아이디어가 나올 수 있는 궁극적인 모토가 되어준다. 그들의 감성을 느끼며 연출가로서 그 디자이너의 감성을 표현하기 위해 고심하다 보면 새로운 아이디어가 자꾸 생겨난다. 그래서 내게 디자이너들과의 미팅은 항상 소중한 시간이다.

서울컬렉션 준비 8단계

1단계 : 모델 오디션에서 내부 스케줄 결정까지

컬렉션 준비의 첫 단계는 모델 오디션이다.

오디션은 국내의 모든 모델 에이전시가 모여 진행하는데 오디션을 참관하다 보면 국내 모델이 생각보다 정말 많다는 것을 다시 한번 느낀다. 하루를 다 보내야 겨우 오디션을 마칠 수 있으니 우리나라에 이렇게 많은 모델들이 활동하고 있구나, 새삼 실감하는 것이다.

그렇게 모델 오디션을 마치고 나면 컬렉션 스케줄이 나온다. 디자

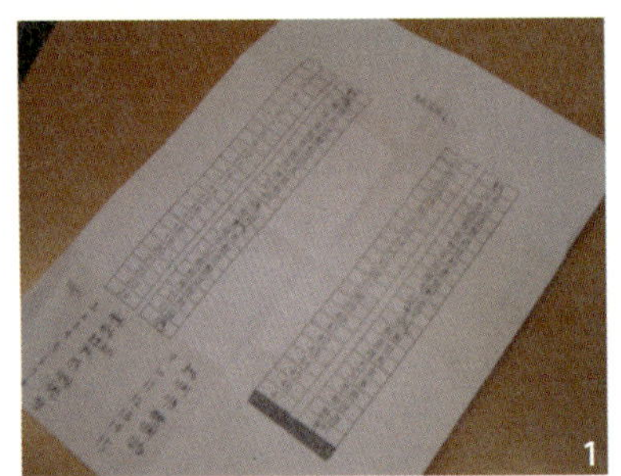

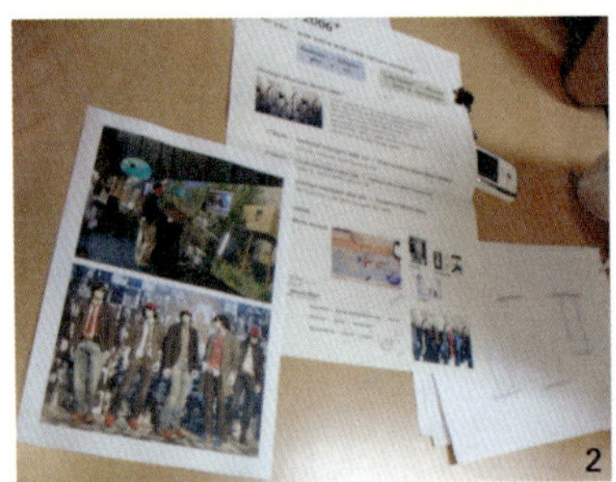

1. 모델 구성안.
2. 쇼 콘셉트 정리.
3. 의상 순서 정하기.
4. 모델 1차 리허설.
5. 2차 협의 중.

이너들의 일정은 제비뽑기로 결정한다고 한다. 이후 연출 업체가 선정되는데 선정 방법은 디자이너들이 직접 지목하는 방식이다. 그러고 나서 각 업체의 내부 스케줄까지 결정된다. 몇 시즌을 거듭하고 나니 우리를 선택하는 선생님들이 많아졌다. 노력을 게을리하지 않고 최선을 다한 결과라 생각하며 더욱더 열심히 하자는 결심을 할 수 있었다.

이제 내부가 활발해질 시간으로 디자이너별 담당자를 정한다. 크게는 팀별(A팀, B팀)로, 세부적으로는 개인별 담당으로 진행된다. 또한 팀별 시스템 운영관리도 나뉘는데, 시스템(무대, 조명, 음향, 특수효과)을 담당하는 팀, 리허설 및 운영을 담당하는 팀이 정해진다. 시즌을 거듭할수록 스태프들의 노하우도 늘어가는 것을 보며 매번 흡족함을 느끼는 부분이기도 하다.

이들이 일을 매끄럽게 처리할수록 내가 연출에 집중할 수 있는 시간이 단 10분이라도 더 생기는 것이니 이들이 없으면 나도 없다고 할 수 있다. 맨 처음 컬렉션을 할 때는 팀별로 디자이너 두세 명을 담당하기도 버거워하던 스태프들이, 시즌을 거듭하다 보니 개인별로 두세 명을 담당해도 침착하고 가뿐하게 일을 해낸다.

2단계 : 디자이너 미팅

담당들이 디자이너 미팅 스케줄을 잡기 시작하면 난 우리가 맡은

사무실에서 1차 기획 회의를 거친 후 현장에 나가 최종 점검을 한다.

컬렉션 모든 디자이너들과 미팅을 시작한다. 하루에 다섯 번 이상 미팅을 하게 되는 시점이 닥친 것이다. 강북에서 강남으로, 이 동네에서 저 동네로 분주히 뛰어다닐 수밖에 없다. 미팅을 마친 저녁시간이면 오늘 내가 다닌 일정의 범위는 택시기사들보다 많을 것이다.

아무리 체력이 좋아도 이쯤 되면 머리가 멍해지는 시간도 생긴다. 각기 다른 디자이너의 감성과 콘셉트를 읽어내기가 쉽지는 않은 것이다. 이런 일을 하루에 몇 번씩 반복하다 보면 정신이 혼미해지지 않겠는가.

그래도 막상 미팅을 시작하고 대화를 나누다 보면 머릿속에서 쇼에 대한 계획이 서기 시작한다. 대략의 윤곽이 그려지는 것을 시작으로 무대 아이템, 조명 아이템이 다가오고 마지막으로 15분간 무엇을 보여주겠다는 마음의 결정이 내려진다. 그럼 한결 가벼운 마음으

104

로 미팅을 마칠 수가 있다. 간혹 미팅을 몇 번씩 해도 감이 생기지 않을 때는 답답한 마음에 가슴이 무거울 때도 있지만, 그것도 연출가로서 극복해야 할 당연한 과정이리라.

연출가는 디자이너가 의상을 디자인했을 때의 그 감성들을 현실적으로 풀어야 한다. 직접적인 표현은 감동이 없다. 간접적인 표현에서 감동이 생기게 마련이다. 나는 항상 디자이너 선생님들의 감성과 콘셉트를 15분의 컬렉션 안에서 무대와 조명, 음악과 모델이 어우러지게 함으로써 표현하고자 노력한다. 그것이 내가 추구하는 연출의 방식이기도 하다.

최고의 쇼는 모든 것이 조화롭게 어우러질 때 비로소 탄생하는 것이지 디자이너와 연출가가 무리한 욕심을 부려서 탄생하는 것이 아니다. 서로 이해하고 공감대를 형성해나가면서 완성해야 최고의 쇼가 탄생한다. 여기서 연출가는 무대, 조명, 음악, 음향 등 각 분야의 프로들과 조율하고 대화를 함으로써 현장의 상황을 장점으로 극대화해야 한다는 점을 잊지 말아야 한다. 자기 생각만 고집하는 사람은 진정한 연출가가 될 수 없다. 무한한 품으로 상대방을 받아들여야 하는 직업이 패션쇼 연출가가 아닐는지. 지나치게 넓게 표현한 것일까?

서울컬렉션 기간엔 3주간의 몰아치기로 현장은 아수라장이지만,
분위기 만큼은 모델과 관련 스대프가 하나될 정도로 화기애애하다.

3단계 : 뮤직 디렉터 미팅

디자이너들과의 개별 미팅이 끝나면 개별 음악 미팅을 하게 된다. 그 자리에도 연출가는 있어야 한다. 디자이너의 마인드를 음악 작업을 하는 뮤직 디렉터가 이해할 수 있게 중재역할을 해야 하며, 역으로 디자이너가 잘못 이해한 부분도 전달해야 하는 역할이다. 디자이너는 의상에서 프로이고 뮤직 디렉터는 패션쇼 음악제작에서 프로다. 서로 프로임을 인정해야 더 좋은 쇼 음악이 탄생한다.

간혹 서로의 입장을 강조하다 보면 부딪치는 일이 생기는데 이런 상황도 서로 기분이 나쁘지 않게 조율하는 것도 연출가의 몫이다. 정말 연출가란 성격이 좋아야 하는 직업임을 이 글을 쓰면서 다시 한번 느낀다.

그렇다고 내가 성격이 좋다는 말은 아니다. 강한 면이 많아 연출가로서는 약점이 되기 쉽다. 하지만 일에서만은 기분 좋게 일하는 연출가라고 자신할 수 있다. 나는 프로다. 이 일이 좋아서 선택한 직업 아닌가. 그리고 나와 함께 일하는 이들도 모두 각 분야의 프로다. 나와 같은 마음으로, 자기가 좋아하는 일을 기꺼이 선택한 그들을 만나 일하는 것인데 당연히 행복하게 생각해야 한다.

이런 사실들을 간혹 힘들고 스트레스를 받는다고 망각해서야 되겠는가. 그런 이유로 프로이기를 포기하는 사람들(일을 하면서 짜증을 내는 사람들)에게 난 가끔 주체할 수 없이 화를 내게 된다. 그런 일이

서울컬렉션 무대 시안에 대한 협의 중. 그려보고 또 그려보며 협의한다.

생기지 않도록 일을 즐기면서 하기를 모두에게 바라는 마음이다.

연출가로서 음악 미팅에 꼭 참석해야 하는 또 하나의 이유는, 음악을 들어야 조명과 모델의 동선이 그려지기 때문이다. 그건 첫 미팅뿐 아니라 음악 수정 미팅과 최종 음악 미팅 때도 마찬가지다. 음악에 따라 조명 플랜도 달라지기 때문에 음악은 조명과 함께 가는 아주 중요한 부분이다.

음악에 맞추어 조명이 춤을 출 때, 그 기분은 이루 말할 수 없는 감동이다. 그리 긴 시간도 아니다. 오프닝 몇 초, 캣워크 몇 초, 엔딩 몇 초에서 느껴지는 음악과 조명의 단합은 보는 이들에게 감동을 자아낸다. 음악에 따라 드라마틱할 수도, 따뜻할 수도, 긴박감을 줄 수도, 차가워 보일 수도 있다. 다양한 그림을 만들 수 있는 것이다.

머릿속에 모델들과 무대와 조명이 음악에 맞추어 그려질 때 난 또

쇼가 시작되기 전의 풍경. 무대에선 좌석 세팅과 주변 정리가 이루어지며 백스테이지에선 구두부터 액세서리까지 모델의 워킹 준비가 이루어진다.

한번 기대에 부푼다. 내 머릿속 이 장면들이 현실화될 것인가에 대해…… 만약 현실화된다면 척추를 타고 흐르는 나의 이 저림은 얼마나 나를 행복하게 할 것인가에 대해.

4단계 : 무대 확정 미팅에서 특수효과와 영상까지

디자이너들과의 미팅 후 연출가는 무대 디자인의 콘셉트를 파악하여 음악을 비롯한 전반적인 사항(모델, 음악, 쇼의 콘셉트 등)을 확정시킨 후 무대 디자인을 제시한다. 컬렉션은 기본무대를 이용하여 최단시간에 무대를 변화시킬 수 있어야 한다. 보통은 패션쇼 전날 열두 시간 이상을 투자하여 무대를 세팅하지만 컬렉션은 다르다. 기본무대를 세팅해 두고서 디자이너의 콘셉트에 따라 변형을 할 수도 기본으로 갈 수도 있다. 무대를 변형할 때는 아이디어도 중요하지만 단 두 시간 안에 변형할 수 있는 아이템이 필요하다. 아이디어가 많다 하더라도 설치시간을 감안해서 가능한 것만 선택해야 한다. 다른 각도의 아이디어가 필요한 것이 컬렉션이기도 하다.

최단시간에 최저비용으로 최대의 효과를 볼 수 있는 아이디어가 필요한 컬렉션은 연출가로서 정말 많은 공부를 할 수 있는 기회다. 컬렉션을 마치고 다음 컬렉션이 올 때까지 나는 얼마나 큰 기대감에 부풀어 지내는지…….

함께 작업하는 스태프들끼리는 전부 말로 무대를 표현하고 이해

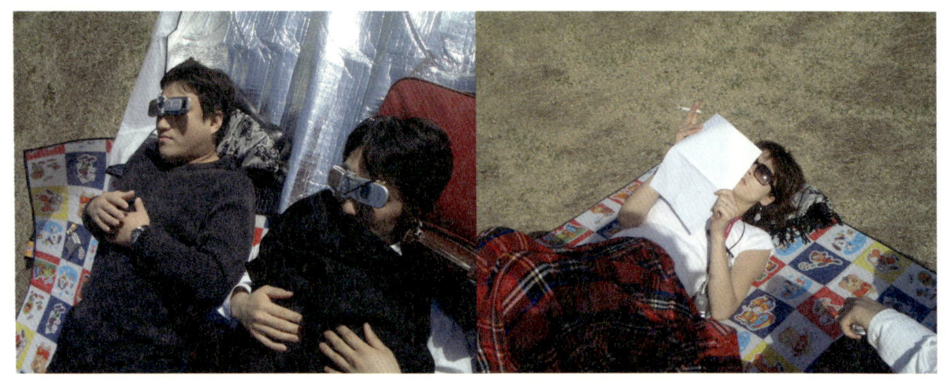

다음 쇼를 기다리며 야외 주차장에서 스태프들과 휴식을 취하는 너무나도 적나라한 모습.

시킬 수 있지만 모두가 그런 것은 아니다. 의상을 선보이는 디자이너들도 마찬가지로 그들 사이에서는 대화로 모든 소통이 가능하지만 제3자에게는 스타일화해서, 혹은 사진으로 보여주어야 궁극적으로 정확히 이해시킬 수 있다.

그런 이유로 연출팀은 3D를 이용하여 무대를 느끼고 이해할 수 있게 작업해서 클라이언트에게 최종 확인을 받는다. 연출가가 아무리 무대가 좋다 해도 클라이언트가 느끼지 못하면 아무 소용없는 것이다. 작업한 무대의 시안과 연출가의 설득력 있는 부연설명으로 무대 디자인을 확정지어야 하며, 비용이든 디자인 자체든 클라이언트가 문제를 지적했을 때는 그에 맞춰 무대 디자인을 수정해야 한다.

무대는 무대 자체의 디자인뿐만 아니라 여러 다양한 작업으로 다

채로운 효과를 낼 수 있다. 클라이언트와 미팅을 한 후 그런 효과로 컬렉션을 빛나게 할 아이디어가 떠올라 제안을 하는 일이 꽤 있다.

그중 대표적인 특수효과로는 스모그 또는 포그(fog), 물방울을 들 수 있다. 요즘 이것들은 콘서트나 이벤트에도 빠지지 않는데, 패션쇼 연출에서 특수효과를 생각할 때 굳이 이것에 국한지어선 안 된다. 영화에 나오는 특수효과, 연극, 뮤지컬에 나오는 특수효과도 모두 패션쇼와 연관지어 보여줄 수 있는 것이다.

무대에 눈이 내릴 수도 있고 비가 올 수도 있다. 강풍이 휘몰아칠 수도 있고 화재가 발생할 수도 있다. 그뿐인가, 어디 한 부분이 무너질 수도 있다. 패션쇼의 한 부분이 될 수 있는 효과라면 무대에서 쓰지 못할 것은 아무것도 없다는 것을 클라이언트에게 전달해야 한다.

나 역시 수차례 컬렉션을 경험하는 동안 특수효과를 적절히 사용해 성공을 거둔 적이 있다. 패션쇼, 컬렉션에서 특수효과가 15분 전체를 감싸안을 수는 없지만 단 몇 초를 사용함으로써 패션쇼를 마치고 돌아가는 시간에까지 여운을 남길 수 있다면 그것은 성공한 연출이라고 생각한다.

그렇다고 특수효과를 남발하거나 거기에 기대서는 안 된다. 콘셉트에 따라 적절히 사용하고 활용할 수 있게 제안을 하는 것이 연출가의 몫이다. 그러기 위해 연출가는 패션쇼에 국한해 아이디어를 생각하지 말고 일상 속에서, 또 다른 문화생활(영화, 연극, 드라마, 콘

서트 등)에서, 그리고 자연에서 아이디어를 얻을 수 있게 늘 열려 있어야 한다.

영상을 이용한 아이템도 많이 생각하고 활용해야 할 부분이다. 영상의 활용목적을 먼저 확실히 정하고 나면, 영상으로 자료를 전달하려는 것인지 콘셉트를 전하려는 것인지가 뚜렷해지고, 거기서 다양한 활용방법이 나오게 된다.

이렇게 쓰면서 또 한 번 느끼지만, 연출가의 공부는 정말 끝이 없다. 연출가를 꿈꾸는 이들이여, 그리고 늘 발전하는 연출가이고픈 나 자신이여, 열심히 공부하고 또 공부할지어다.

5단계 : 사전 피팅 겸 리허설

리허설은 본무대가 아닌 다른 장소를 이용해 진행된다. 우리같이 규모가 있는 회사(모델 양성 기관 보유)는 아카데미 홀을 이용해 리허설을 진행한다. 컬렉션 형태의 리허설 진행은 불가능하지만 난 이 사전 리허설이 꼭 필요하다고 생각한다. 간혹 현장에서 리허설을 해주는, 룰에 벗어난 행태를 보이는 경우도 있지만…… 그것은 오버라고 생각한다. 이유는 앞에서 리허설에 관해 언급하면서 충분히 얘기한 대로다.

클라이언트 쪽에서 생각한다면 리허설은 의상을 순서대로 모델에게 입혀서 흐름이 맞는지 확인해보고 음악과 의상의 콘셉트는 맞는

각 쇼의 오프닝과 피날레 모습.
쇼의 처음과 시작이니만큼 강렬한 인상을 남겨야 한다.

지, 스타일링은 제대로 된 것인지 확인해보는 작업이라 볼 수 있다. 한편 연출가에게 리허설은 음악과 의상을 보면서 조명과 현장의 느낌에 다시 한번 확신을 갖는 작업이다.

어떤 클라이언트들은 의상 준비 없이 모델들에게 음악을 익히기 위한 워킹 연습만 하게 하는 일이 있는데, 그들을 나는 진심으로 존경한다. 이미 그 디자이너는 머릿속에 확신이 서 있기 때문에 여러 부수적인 작업을 뒤로한 채 최종적으로 표현하는 모델들에게 마지막 당부만을 하는 것이다. '난 대표선수니까……'라고 말하며 웃는 그 모습을 난 존경한다. 나도 그런 웃음으로 연출을 할 수 있게 부단히 노력하리라는 목표를 만들어준 분들이기도 하다.

디자이너들은 저마다 작업 성격이 달라서 컬렉션을 마칠 때까지 힘들어하는 디자이너, 마칠 때까지 확신 없이 일을 하는 디자이너 등 다양하게 경험하게 된다. 또한 마지막까지 철두철미하게 준비하는 디자이너도 있어서 그런 다양한 모습 속에서 난 나의 앞날을 그려 보며 공부를 한다.

사전 리허설로 나는 동선에 대한 나의 계획과 조명, 무대에 대한 연출가로서의 확신을 느끼며 성공적인 컬렉션에 대한 감을 느낄 수가 있다. 간혹 디자이너들 중 굳이 이 작업이 필요하냐며 반문을 하는 분들이 있는데, 그럴 때면 난 이렇게 대답한다. 단 한 번이라도 모델에게 음악을 들려주고 콘셉트를 말해주는 것이 방향을 크게 달

컬렉션 3주간의 몰아치기를 경험하다보면 종종 멍해질 때도 있다. 모델 리허설 중 잠시…….

라지게 할 수도 있다고, 모델이 더 많은 공부를 할 수 있다고…… 연출가가 하나라도 더 느낄 수 있는 기회를 버리지 말아달라는 말을.

간혹 리허설을 피팅 개념으로 해석하고 작업하는 디자이너를 만나게 되는데, 컬렉션을 사흘 앞두고 리허설을 피팅 개념으로 받아들여 힘들어하는 모습을 보면 나 또한 화가 많이 난다. 하지만 결코 화를 표현하지는 않는다. 내 판단이 정답이 아닐 수 있으며 내가 판단한 현실이 100퍼센트가 아님을 알기 때문이다.

물론 기운이 빠지는 건 어쩔 수 없다. 하지만 그 더딘 상황에 손을 들고 포기하지 않기 위해 더 열심히 일을 추진한다. 그러지 않고 후퇴해 있다가는 얼마나 많은 사람이 힘들게 될지 알기 때문에 한층 박차를 가하는 것이다. 내가 힘들어할 때 모델이나 스태프들이나 얼마나 긴 시간 힘이 들 것인가를 누구보다 잘 알기 때문에.

연출가가 되기 위해 많은 경험을 쌓는 동안 늘 노력한 부분이 바로 타인에 대한 배려심이다. 배려하는 마음이란 부단한 자기 채찍질이 있어야 가능하다. 내가 힘들어도 다음 상황으로 발전시켜야 한다는 것을 몸으로 마음으로 알고 노력해야 한다. 그러다 보면 나의 실력을 인정하는 사람도 생기지만 그 뜻을 오해해서 그저 성격이 좋아서 하는 행동이라고 나를 판단해버리는 사람도 생긴다.

나를 단순히 평가하는 데 반발하고 싶지는 않지만 혹시 '마냥 성격 좋은 것'이 연출가의 자질이라는 오해가 생기지는 않을까 하는 생각에 걱정이다. 그것은 분명 후배 양성에 해가 되는 일이 될 수 있음을 요즈음에 새삼 느낀다. 모든 사람이 자기 편한 대로, 해석하고 싶은 대로 받아들이며 산다는 것을 서른일곱에야 겨우 깨우치고 있다. 나 몰라라며 등한시할 수도 있지만, 이런 부분까지 고민하는 것은 연출가로서 해가 되는 선례로 남고 싶지 않은 마음 때문이다. 늘 남에게 도움이 되는 사람이고자 하는데, 나 때문에 잘못된 인식이나 선입견이 생겨서야 되겠는가. 연출가로서 경력이 쌓일수록 이렇듯 사소한 부분까지 고민을 하게 되는 건, 사족이지만 내가 일명 소심한 A형이라 그런지도 모르겠다.(웃음)

6단계 : 조명과 음악 오퍼레이터 미팅

클라이언트인 디자이너들과의 미팅으로 컬렉션에 대한 계획이 정리되고 나면, 다음 순서는 조명과 음악 오퍼레이터 미팅이다. 연출가가 디자이너 미팅과 음악 미팅을 통해 머릿속에 진행하고 있는 컬렉션이 현실화될 수 있는지 '프로 대 프로'로 만나서 정리할 기회가 필요하기 때문이다.

옛날에는 라이트(light) 하나라도 리프트나 비계(높은 데서 일할 수 있게 설치하는 임시가설물)에 바퀴를 달아서 무대를 세팅한 뒤 일일이 아날로그 방식으로 맞추었지만, 지금은 다르다. 이미 몇 년 전부터 아날로그 형태의 조명은 사라졌으니 사전 미팅은 필수다. 만

조명 및 음향 본체가 연결되어 있는 콘솔 내부의 모습.

약 현장에서 수정을 원한다면 조명 세팅이 완료된 상태에서 플랜을 바꾸어야 하는 상황이 생긴다.

모든 일이 그렇듯 수정은 바로 해결되는 부분이 아니다. 프로들에게 얼마간 시간을 주어야 해결이 된다. 항상 클라이언트에게 내가 말하는 부분도 바로 이 점이다. 상황이 바뀐 만큼 그 상황을 정확히 이해하고 시행해야 한다고. 그러니 사전 미팅이 필수가 되는 것이다.

음악과 함께 조명 오퍼레이터와 미팅을 하는 시간은 빠르면 한 시간, 좀 길어지면 두 시간쯤이다. 음악 오퍼레이터의 음악 설명, 연출가로서 나의 요구사항, 종합적으로 조명 오퍼레이터의 전문적인 견해…… 그렇게 서로 종합을 하다 보면 각자 어떻게 컬렉션을 진행해야 하는지 답을 내릴 수가 있다. 서로 사전에 완벽하게 준비를 하는 것이다.

이것은 서로 프로로서 믿고 인정을 하고 있기 때문에 쉽게 정리가 되는 부분이라고 생각한다. 만약 세 프로들이 서로 자신만의 주관을 내세우며 자기가 잘났음을 표현하고 나서기 시작한다면, 과연 쉽게 정리가 되겠는가.

이렇게 3자가 정리를 하고 나면 스태프들이 최종적으로 무대, 조명, 음악, 모델 발주에 대한 확인작업에 들어간다.

그리고 드디어 현장에서의 1차 리허설 준비도 시작된다.

7단계 : 1차 현장 리허설

행사 시작을 다섯 시간여 남겨두고 현장에서 2차 리허설이 진행된다. 이 작업은 디자이너에게 무대 위에서의 최종 의상을 점검하는 시간이자(스타일링의 문제점, 의상 순서, 모델과 의상의 결합 문제 등) 불필요한 부분을 체크하는 시간이며, 모델들에게는 컬렉션 의상을 익히는 시간이다. 또 하나 헬퍼들에게도 의상을 공부(모델에게 의상과 소품을 제대로 입히는 일)할 수 있는 기회를 준다.

마지막으로 연출가에게는 전체 컬렉션 소요시간을 확인할 수 있는 시간이 된다. 요즘은 음악 믹싱(mixing)을 현장에서가 아니라 사전에 모두 마치는데, 이때의 기준은 무대의 길이와 모델의 인원에 따른 사전 컬렉션 총소요시간을 산정한 것이다.

하지만 현장에서 달라질 수 있는 것이 컬렉션 아닌가. 사전 현장 1차 리허설을 통하여 컬렉션 시간을 체크해서 시간이 초과된다면 대처할 만한 시간 여유를 가질 수 있다. 이것이 현장 1차 리허설이 필요한 이유다.

이 시간만큼은 나는 소리를 지르지 않는다. 오른손에 마이크를 쥐고 있지만 그 용도는 "음악 주세요" "수고하셨습니다" 등 꼭 필요한 말을 쓸 때 뿐이다. 30분 안에 끝을 맺는 1차 현장 리허설에서 내 머릿속은 컬렉션 총소요시간, 음악과 모델이 어우러졌는지, 사전 조명 협의시간에 생각한 계획 대로인가, 무엇이 문제인가, 수정작업이 필

개성 강한 디자이너의 옷을 가장 잘 소화할 수 있는 모델을 선정하는 것이야말로 패션쇼의 기본이다.

요한 부분은 어딘가 등등 온갖 점검할 것들로 쉴 새 없이 돌아가고 있다. 그러니 이때 내게 말을 걸거나 잔소리를 하는 사람은 무조건 나에게 해를 끼치는 것이다. 머릿속이 복잡한 것을 이해해주기 바란다, 제발…….

패션쇼 연출을 말로 해결한다는 생각을 버려야 한다. 어디까지나 머리로 정리해서 말로 풀어야 하는 직업인 것이다.

서울컬렉션은 단일 디자이너 컬렉션이 아니기 때문에(하루에 4~5명의 디자이너 컬렉션을 진행한다) 타임별로 남는 시간을 고려해 무대 디자인을 제안해야 한다. 아이디어는 좋으나 설치와 철거에만 다섯 시간 이상이 걸린다면 현재 국내 컬렉션에서 현실화하기는 불가능하다.

고로 아이디어를 낼 때는 현장의 상황을 고려하여 '설치와 철거 시간 두 시간 내외'를 염두에 두어야 한다. 사전 현장 리허설은 이것이 정말 현실과 타당한지 다시 한번 생각을 하게 하는 시간이며, 무대 변형과 함께 모델 동선이 달라지는 것에 대해 모델들이 공부할 시간을 주는 소중한 시간이다.

앞에서도 언급했듯 무대 위에서의 동선은 미로가 아니다. 모델들은 정해진 공간에서 워킹을 하면 된다. 난 항상 현장 리허설 전에 모델들을 집합시킨다. 모두 모이면 무대 메인 출입구로 가서 백드롭(높이가 6미터 이상이다)에 매직이나 사인펜을 들고 그림으로 동선을 설명한다. 주의사항까지 다 알려준 뒤 이 한마디를 덧붙인다.

"너희 중에 못하는 사람은 내가 명단 적어둔다."

이후 1차 리허설을 마치고 최종 리허설을 시작하기 전에 똑같이 모델들을 집합시켜 1차 리허설에서의 문제점을 설명하고, 약속한 대로 명단을 불러준다. 그리고 말한다. 최종 때 또 그러면, 모델로서 은퇴시킨다고.

모델들에게 넌 무슨 포즈를 취하고 무슨 표정으로 나오라고 일일이 지시해서 알려줘야 한다면 프로 모델과 일을 하는 게 아니라 모델을 키우는 것이라고 생각한다. 일단 프로의 길로 접어들었으면 생각을 하면서 워킹해야 한다. 그들에게 자율적으로 표현할 길을 열어주는 것이 연출가의 몫이지 방법까지 알려주는 것은 아니라고 생각한다. 연출가가 디자이너와 함께 의상과 무대, 조명, 음악 그리고 부수적인 것을 다 준비해뒀는데 그걸 소화하지 못한다면 그 모델은 모델로서 자질이 없는 것이 아닐는지…….(내가 직접 모델을 직업으로 해봤기에 더 잔혹한 것인가.)

모델들의 피날레(finale) 동선도 1차 리허설에서 연출가가 생각해야 할 부분이다. 음악과 현장감이 들어간 상태에서 모델들의 캣

리허설 현장, 음악 감독 김충우 실장의 엄숙한 모습.(사실은 엄숙하지 않다.)

워크를 보면서 마지막 동선을 생각하기 때문에, 1차 동선 리허설에서는 피날레를 볼 수 없다. 조명 또한 스태프 미팅과 현장 리허설을 통해 '이것이 최선이다'라는 확신을 가질 때까지 계속 수정하고, 최종 효과가 설정되면 이후 전 과정을 숙지하는 메모리 작업에 들어간다.

그래서 난 1차 현장 리허설을 시작할 때 디자이너들에게 나머지는 2차 때 보여드릴 터이니 의상만 확인하시라고 말한다. 그러고 나면

'06/07 F/W 서울컬렉션' 기간 중 DCM 소속 모델들의 워킹 모습. 모델에게는 의상과 쇼 콘셉트에 맞는 설정이 필요하다.

1차 리허설이 끝난 뒤 무대 위에서의 의상을 확인하고 수정과 추가 작업을 하느라 바쁜 디자이너들을 볼 수 있다.

8단계 : 2차 최종 리허설(실전을 방불케, 완벽한 쇼의 40퍼센트 보여주기)

막상 컬렉션이 시작되면 디자이너들은 무대 뒤에서 작업을 하기 때문에 현장을 볼 수가 없다. 그래서 난 최종 2차 리허설 때는 무대 앞 프레스 포토(press photo) 위치에 좌석을 마련하고 디자이너들이 좌석에 앉아 최종 리허설을 보게 한다. 최종 리허설 때는 본게임과 마찬가지로 끊고 가는 것 없이 한 번에 가게 한다. 이때 나는 디자이너들에게, "저는 콘솔에 있을 테니 다 보시고 문제가 있다고 생각하시면 리허설 후에 미팅 시간을 가지겠습니다" 하고 말하고는 나의 위치인 콘솔로 향한다.

이제 손님 입장 조명에서 최종 피날레까지 디자이너들에게 보여주어야 한다.

콘솔에서 나는 조명팀과 백스테이지와 끊임없이 대화를 나누며, 조명에서 수정할 부분과 모델들의 문제점을 체크한다. 내가 마이크 없이 콘솔에서 인터콤을 사용하여 최종 리허설을 하기를 고집하는 까닭은, 여러 수정작업을 100퍼센트 외부에 노출할 경우 불안해할 클라이언트(디자이너)들을 생각해서다. 연출가는 무슨 문제가 생겨도 해결을 해야 하는 직업이다. 행사장에서 불가능은 없다. 하지만 연출가가 별 문제 아니라고 쉽게 내뱉는 말 한마디가 클라이언트에게 얼마나 많은 불안감을 줄 것인가……. 돌발사고가 생기더라도 행사를 마치는 그 순간까지 클라이언트들이 모르게 무사히 행사를 끌고 가는 것도 연출가의 노하우 아니겠는가. 그렇기에 나는 최종 리허설에서 마이크를 사용하는 법이 없다. 그 이유 외에도, 연출가가 마이크를 가지고 문제점을 오픈하면 사공이 많아진다. 그러면 일이 힘들어지는 건 두말해서 뭐하랴. 쉽게 말하고 참견하는 이들을 보면 직접 한번 해보라는 말이 목구멍까지 올라온다.

그렇게 조용히(?) 최종 리허설을 마치고 클라이언트에게 무엇이 문제인가 묻는다. 본게임의 40퍼센트를 보여 준 상태에서 문제가 없다고 한다면, 난 성공을 최종적으로 예감하며 콘솔로 올라간다. 그래, 한번 해보자!

본게임, 컬렉션 시작!

최종 리허설 때 마음에 들지 않던 부분이나 리허설 흐름 속에서 바꾸고 싶던 부분들이, 본게임인 컬렉션의 시작과 함께 모두 완벽해진다. 확인해보지도 못한 상태에서 수정하자고 밀어붙인 부분들인데 그것들이 하나에서 열까지 완벽해지는 것을 볼 때, 난 '척추가 저린다'는 표현을 쓴다.

'06/07 F/W SEOUL COLLECTION
New Wave In Seoul
협찬 : LOTTE
DEPARTMENT STORE

'06/07 F/W SEOUL COLLECTION
New Wave in Seoul
at LOTTE

백스테이지의 헤어&메이크업 공간. 여유 있는 무대와는 달리 무대 뒤 상황은 흡사 전쟁을 방불케 할 정도로 숨 막히게 돌아간다.

15분 안에 모든 게 스며들어가 있다. '디자이너의 감성, 스태프들의 노고, 무대 디자인의 감각과 그것을 현실화하는 스태프들, 조명과 음악의 절묘한 조화…… 그 속에 움직이는 모델들의 캣워크.' 이 모든 것은 내가 또다시 다음 패션쇼로 나아갈 수 있게 힘을 주는 요소들이다. 아니다, 힘을 주는 것이 아니라 다음 패션쇼를 향해 나를 힘껏 떠민다. 또다시 도전하라고…….

'2006 컬렉션'은 지금까지 내가 참가한 서울컬렉션의 완성본이라 할 수 있다. 무엇보다 서로 커뮤니케이션이 완벽했기에 나는 90퍼센트 이상의 만족을 느끼며 콘솔에서 내려올 수 있었다. 만족뿐이랴, 마지막 날 마지막 컬렉션 피날레에서는 아무도 모르게 울컥하는 기분과 함께 눈물 한 방울을 뚝 흘려야 했다. 자뻑(?)일지 모르지만 이렇게 만족한 마음으로 무사히 컬렉션 연출석에서 내려올 수 있는 나는 진정 행복한 연출가구나, 하는 마음에 울컥하는 마음을 추스를 수 없었다. (아무도 모른다, 내가 운 것은…….)

백스테이지로 들어가 스태프들에게 이번 컬렉션에 대한 만족감을 표현했다. 내가 재주가 더 많은 사람이었다면 더 큰 만족의 고마움을 표현했을 텐데……. 이렇게 연출가로 서 있을 때, 조연출을 비롯한 기타 스태프들이 없었다면 이런 만족은 불가능했을 것이다. 물론 일 진행을 하다 보면 항상 만족하지는 못한다. 스태프들이 간혹 실수를 하기도 하고, 그것이 사고와 연결되면 화가 나기도 한다. 내가

화를 낸다고 해결되는 부분은 아니지만 같은 실수를 되풀이하지 않
게 하기 위해 무섭게 굴 때도 있다.

　하지만 이렇듯 서로 완벽한 호흡으로 일을 마치는 순간에는 칭찬
을 아끼지 않아야 한다. 아니, 칭찬이라기보다는 고마움을 표현한다
고 해야 할 것이다. 이들이 없으면 나도 없다. 아, 고마운 나의 후배
들 그리고 일로 맺어진 가족들이여…….

G·I·L

쇼가 진행되는 내내 긴장할 수밖에 없는 나지만, 쇼가 끝나고 콘솔에서 내려온 순간에는 비로소 환하게 웃을 수
있다.

성공적으로 쇼를 마친 후 수고한 모델들과 대표님, 음악감독님과 함께 한 기념 촬영.

하얀 야자나무 숲속, 하늘이 열리다

여름 분위기를 내기 위해 야자나무 숲이 연상되는 무대를 디자인했다. 백드롭은 그림을 그리는 전문가에게 의뢰해 여름 하늘에 뭉게구름이 떠가는 그림으로 장식했다. 하늘 분위기를 실사 처리해 현수막으로 제작하기도 하는데, 그러면 실재감이 강하게 느껴진다는 장점이 있는 만큼 단점도 있다. 설치 시간은 단축될지 몰라도 원하는 이미지를 찾기가 쉽지 않고, 대형이므로 이미지를 구입하는 비용이 만만치 않다. 반면 그림으로 처리하면 사진 같은 실재감은 없을지 몰라도 사진으로는 줄 수 없는 느낌을 낼 수 있다. 원하는 이미지를 마음껏 표현할 수 있기 때문이 아닐까. 물론 화가마다 개런티 차이는 크다. 설치 시간이 오래 걸리는 점만 감안하면 해볼 만한 방법이다.

그림으로 백드롭을 만들기는 연출을 시작한 후 처음으로 도전하는 일이었다. 작업하는 분과 긴 시간 대화를 나누며 수시로 표현해야 할 점, 보강할 부분을 논의하는 동안 긴 시간이 흘렀다. 마침내 완성된 백드롭에 나는 아주 흡족해했다. 설치 시간은 많이 들었지만.

　　이제 야자나무만 도착하면 된다. 무대 백드롭 높이를 고려하여 숲이 연상되는 나무가 도착하리라. 그런데 예상과 달리 4미터라던 야자나무는 2미터가 조금 넘는 듯했고, 잎사귀도 내가 생각한 것과는 달랐다. 잎사귀는 내 상식이 잘못된 것이었지만(내가 원한 잎사귀는 바나나나무 잎사귀였다. 그때는 두 나무에 차이가 있다는 것을 몰랐다.) 문제는 높이였다. 무대에 세팅해봐야 모델 키만한 나무들이 몇 그루 놓여 있는 것으로 보일 테고……. 난 4미터라고 부득부득 우긴 조경사에게 어떻게 이것이 4미터냐고 울분을 터뜨렸다. 지금 다시 주문한다 해도 도착은 빨라야 내일이라는데 더는 할 말이 없었다. 어떻게 할 것이냐 또다시 고민이 시작되었다. 야자나무와 어우러질 하늘 백드롭만 덜렁거리는 무대를 바라보며, '정말, 그냥 넘어가는 일이 없구나……' 싶은 마음에 한숨만 나왔다.

　　하지만 늘 그렇듯 해결책을 찾아야 했다. 한숨만 쉰다고 일이 해결될 리 없으니까. 어찌 되었건 나무는 키가 커야 했다. 낮은 나무를 세팅하느니 없는 것이 더 낫고, 그럼 높일 수 있는 방법이 뭐가 있을지 무대 팀과 의논을 했다.

　　우리가 선택한 방법은 나무줄기 밑으로 각목을 돌아가며 박는 것이었다. 그렇게 하면 일단 나무의 키는 높일 수 있다. 그런데 그 흉측한 모습은 어떻게 가려야 하나…….

그때 바닥에 널브러진 흰색의 무대 천들이 눈에 들어왔다.

'그래, 야자나무를 하얗게 만드는 거야!'

잎사귀는 라카를 이용해서 하얗게 만들고, 줄기는 흰 천으로 붕대를 감듯이 감기 시작했다. 입사귀와 줄기를 합체해보니 꽤 이유 있어 보이는 하얀색 야자나무들이 탄생했다.

무대에 올려진 하얀 야자나무 숲 속으로 보이는 하늘은 최고의 무대처럼 보였다. 모두들 완성된 무대에 찬사를 보냈다. 스태프들 모두가 무대에 올라 기념사진을 찍었다. 위기를 기회로 바꾼 오늘 일을 자축하면서…….

패션쇼 관련 용어

오디션 패션쇼에 서기 앞서 디자이너가 자신의 콘셉트에 맞는 모델을 찾기 위해 여러 모델의 워킹과 각각의 이미지를 체크하는 것.

피팅 제작된 또는 제작중인 의상이 모델의 체형에 맞는지 직접 입혀보고 체크하는 작업.

리허설 쇼를 진행하기 전에 모델들이 직접 의상을 입어보고 무대에 올라 워킹 동선을 확인하는 작업. 음악, 조명, 음향 등 전체 시스템이 실제 패션쇼와 같이 진행됨.

백스테이지 모델이 캣워크에 나가기 전 의상과 헤어, 메이크업을 준비하며 대기하는 공간.

캣워크 패션쇼 객석에 돌출한 좁다란 무대. '고양이가 걸어다니는 좁고 긴 통로'라는 뜻에서 유래된 단어.

콘솔 음향 · 조명 · 영상기기의 본체가 연결되어 있는 곳. 디렉터 및 음향 · 음악 · 조명 오퍼레이터가 쇼를 진행하는 곳.

SFAA 및 서울컬렉션 소개

SFAA 한국 최초의 정기 컬렉션인 SFAA 서울컬렉션은 파리, 밀라노, 뉴욕, 런던 등의 세계적인 컬렉션이 지향하는 것처럼 국내의 섬유 · 패션산업을 바탕으로 서울을 세계적인 패션중심지로 발돋움시키는 데 그 목적을 두고 있다. 1990년 한국 패션계를 이끌어 온 12인의 국내 정상급 디자이너들이 발족시킨 서울패션아티스트협의회(SEOUL FASHION ARTISTS ASSOCIATION : 영문약자 SFAA)는 90년 11월 제1회 컬렉션을 시작으로 매년 4월과 10월경, 1년에 2회씩 정기적인 컬렉션을 개최해 왔으며 현재 활발한 활동을 보여주고 있다.

서울컬렉션 세계 5대 컬렉션으로 아시아 패션 중심 국가 · 도시 이미지 실현과 국내외 홍보 마케팅 강화를 통해 서울의 위상을 높이고, 실질적인 비즈니스의 장으로 역할을 강화하기 위해 설립되었다. 특히 80년대 이후 한국을 대표해온 중견 디자이너들의 모임인 SFAA컬렉션이 독립을 선언함으로써 바로 다음 세대인 40대 디자이너들이 서울컬렉션위크의 중심으로 부상했고, 신진 디자이너들의 약진도 두드러졌다.

4장 가정과 직장, 24시간 프로로 살아가기

돈을 좇으면 돈은 오지 않고, 일을 좇으면 돈이 따라온다

나에게 패션쇼 연출가란 무엇과도 바꿀 수 없는 일이다. 어느덧 30대 후반에 접어든 지금 주위를 둘러보면, 현대인들 가운데 일을 즐기며 그 일에 행복을 느끼며 사는 사람은 몇 안 된다는 생각이 든다. 그런 면에서 난 복 받은 사람이리라.

다른 한편으로는 복을 받으려고 노력하는 사람이기도 하다. 내 일을 사랑하기 때문에 일에서 오는 스트레스와 과도한 업무도 난 행복으로 받아들인다. 가끔 자신의 일 때문에 과도한 스트레스에 시달리며 괴로워하는 사람을 만나면 이렇게 묻는다. "지금 하는 이 일이 당신이 진정으로 하고 싶은 일이었냐"고.

대답은 반반이다. "하고 싶은 일이었다"고 대답한 사람에게는 처음의 그 마음을 잃은 것이 문제라고 말한다. 진정 하고 싶은 일이었다면 과연 몇 년 만에 그 마음이 과거형으로 표현될 수 있을까……. 진정으로 원한 일이 아니라 그 일의 표면적인 모습만 보고 열정을 키운 것이 아닐지. 일에 부딪치다 보면 자기가 생각한 것과는 일의 방향이 다를 때도 올 수 있다. 하지만 일이 진정으로 원하던 일이라면 다른 방향에 반발하지 말고 받아들여야 한다. 모든 것이 내 생각대로, 내가 원하는 대로 되는 세상이 아니기 때문이다.

과거형이 아닌 "지금도 원하는 일이다"라고 대답하는 사람에게는, 하고 싶은 일을 하면서 돈도 벌 수 있으니 당신은 진정 행복한 사람

야외 패션쇼를 준비하며 잠시 휴식을 취하고 있는 스태프와 모델들. 추운 날씨 속에서 함께 고생하다 보면 마음을 열고 한 가족이 된다.

이지 않은가, 하고 묻는다. 그렇다면 일을 즐겨라, 힘든 일도 즐기면서 하라고 조언한다. 힘이 들 때 '그래, 내가 원해서 하는 일이야!'라고 생각하면 상황의 무게가 반으로 줄어드는 기분을 느낄 수 있다. 일을 하면서 "짜증나" "힘들어" 등등으로 대처한다면 무슨 일이 되겠는가. 그 힘든 일에 집중을 못해 일을 마치기까지 시간이 필요 이상으로 많이 들 것이다. 그렇게 되면 그 힘든 상황을 더 길게 겪으면서 좌절해버릴 수도 있다. 차라리 집중하고 빠른 시간 안에 일을 끝

백스테이지에서 쇼를 준비하는 남녀 모델들의 모습. 이들은 15분간의 쇼를 위해 하루를 다 바친다.

내는 것이 올바른 대처 방법일 것이다.

반대로 "내가 원하던 일이 아니다"라고 대답하는 사람에게는, "그럼 그만둬야지"라는 말을 해주고 만다. 그런 사람의 인생에서는 일이 시간낭비일 터이니 말이다. 더는 시간낭비하지 말고 진정 원하는 일을 찾아야 한다, 더 늦기 전에. 원하던 일이 아닌 이상 지금 참고 견딘다 한들 얼마 후면 또 고민하고 갈등할 수밖에 없는 상황이 온다. 그런 반복적인 삶을 견디는 데는 한계가 있어, 결국 스스로 포기하기 마련이니 시간낭비 말고 그만두라고 할 밖에…….

사람들은 대개 일을 하면 금전적인 부분에 연결해서 생각한다. 내가 받는 보수가 정당한 금액인가로 끊임없이 갈등하고 다른 사람과 비교하고 다른 회사와도 비교를 한다. 다른 사람이 이정도 받으면 나도 그만큼은 받아야 하는 것 아닐까…… 고민과 갈등은 꼬리를 문다. 아, 제발 다른 사람과 나를 비교하지 말기 바란다. 사회는 냉정하다. 나의 능력 평가를 나 스스로 하는 곳이 아니다. 자기 능력은 회사 내에서 그리고 거래처에서 판단하는 것이니, 스스로 능력을 평가하며 스스로 괴로워하지 말기를 바란다.

자기 일에 열심히 최선을 다하면 사회가 정당하게 자신을 평가하리라 믿어야 한다. 일을 하다 보면 '눈 가리고 아웅' 하는 식으로 일을 처리하는 이들을 볼 때가 있다. 나도 어느새 작게나마 연륜이 쌓였는지, 아랫사람을 여러 명 두게 되면서 보이지 않던 부분까지 보이기 시작한다. 그러니 그런 얄팍한 수를 쓰는 사람을 보면 마음속으로 나름의 평가를 내리게 되는 것을 어쩔 수 없다. 물론 나를 평가하는 사람들도 많다는 것을 알지만, 그런 걸 의식하지 말고 최선을 다해 일을 잘하는 것 외에는 내가 할 수 있는 일이 없다고 본다.

20대 중반, 딱 그 시기에 걸맞을 만큼의 힘든 일들이 생긴 적이 있다. 그때 누군가가 해준 말 한마디를 나는 아직도 기억한다. 아마 그 사람은 자기가 이 말을 했다는 것조차 기억 못 할지 모른다. 좀 서글픈 이유지만, 그 말을 해준 그 사람도 그 말에 따라 살고 있지 못하기 때문에. 어쨌든 그 말은 이후 내 삶의 기준이 되었다.

'돈을 좇으면 돈은 오지 않는다. 일을 좇으면 돈은 따라온다.'

난 지금도 그 말을 믿는다. 일을 일로서 열심히 하면 돈은 따라온다고…….

가정과 직장, 두 마리 토끼

한 아이의 엄마로서 내가 이렇게 일을 열심히 할 수 있던 데에는 주변 사람의 도움이 크다. 우리나라에서 아이가 있는 여성이 마음껏 일하기는 참 힘들다. 안심하고 맡길 만한 기관도 드물고, 본인 월수입의 반 이상을 지출해야 아이를 맡기고 일을 할 수 있는 여건이다. 나에겐 우리 어머니가 있다. 일하는 자식을 자랑스럽게 여겨주시는 어머니 덕택에 아이를 맡기고 시간에 구애 없이 일을 할 수가 있다.

사실 아이가 생기기까지가 난 더 힘이 들었다. 나름 건강하다고 생각하고 살았는데, 병원을 오래 다니고서야 드디어 나의 분신을 만날 수가 있었다. 그렇기 때문에 난 아이에게 많은 것을 바라지 않는다. 그냥 내 옆에 있어 주는 것만으로도 감사할 따름이다.

아이가 태어나고 며칠간의 몸조리를 마친 다음 바로 일을 시작했다. 어머니에게 아이를 맡기고 일을 하다가, 일이 없으면 일찍 들어와 다시 아이를 돌보는 생활……. 아이가 유치원을 다니기 전까지는 힘이 많이 들 수밖에 없었다. 하지만 나는 일이 좋아서 시작을 한 것이고, 아이 또한 나에게는 없어서는 안 되는 존재였기 때문에 힘들다고 고민한 적은 없었던 것 같다. 간혹 아이를 맡아주시는 부모님 때문에 힘들어 한 적은 있지만 순간의 사건일 뿐이고, 일과 아이는 나에게 있어 존재한다는 것만으로도 행복을 주는 존재이다.

나의 꿈은 부자는 아니더라도 화목할 수 있을 정도의 경제력을 가진, 사이좋은 부모와 착한 아이가 함께하는 가정이다. 그동안 누가 봐도 '예쁘게 사는 구나, 참 열심히 보기 좋게 사는 구나……'라고 말할 수 있도록 최선을 다했지만, 그것은 노력만으로는 이룰 수 없는 것임을 알게 되었다. 이혼의 아픔을 통해 세상을 살면서 안 되는 일이 더 많다는 것을 깨닫게 되고 말이다.

가정과 일에서 한꺼번에 변화의 시기를 거치게 되며, 모델 활동과

이제는 직장 동료들과도 한 식구처럼 스스럼 없이 지내는 나의 딸 지오. 아무리 힘든 순간이라도 지오의 환한 웃음을 생각하면 이겨낼 수 있다.

회사 운영 등 자유롭게 생활하던 대외활동을 접고 새로운 선택을 하게 되었다. 운영하던 회사를 정리하고 월급을 받는 사람으로 회사에 들어온 것. 패션 토털 이벤트와 모델 매니지먼트를 하는 DCM(DCM Model Company)이 그 선택이었다. 모델 활동 7년, 회사 운영 7년, 그동안 나름으로 자유롭게 일을 해온 내게 회사에서 월급을 받으며 일한다는 것은 부담감 그 자체였다.

특히 걱정되는 딱 한 가지는 '사생활을 배제하고 적응할 수 있을까……'라는 부분이었다. 더군다나 나에게는 엄마의 손길이 너무도 필요한 아이까지 있었으니까. 하지만 생각보단 나쁘지 않았다. 적응이 불가능한 상태도 아니었고, 아이가 계속 자라다보니 자기 스스로 하는 일들이 점점 많아지며, 자연스레 일에 전념할 수 있었다.

또한 일이 워낙 많다보니 잡다한 잡념을 할 시간적 여유가 없었는데, 사실 그것이 제일 고마웠다. 육체적으로 힘은 들지만 정신적 안정을 찾는 데에는 최고의 선택이 아니었나 싶다. 게다가 그 좋아하는 패션쇼를 여한 없도록 기획하고 연출하게 되었으니 말이다. 물론, 지금도 그 상황은 현재 진행형이다.

DCM 입사, 새로운 환경에 나를 던지다

처음 회사(DCM) 입사를 결심했을 당시는 정신적으로 굉장히 힘이 들 때였다. 그동안도 여러 가지 굴곡을 겪으면서 살아왔었지만, 그때만큼 힘든 적이 없었을 정도로 인생 최고의 고난기였다.

사람이란 자기가 처한 불행에 집착하기 마련이다. '왜 나에게 이런 일이 생긴 것일까'에서부터 '하필이면 나에게 이런 일이 생기는 것일까, 내가 뭘 잘못한 것일까……' 원망에 원망을 거듭하고, 해결책을 찾기 보다는 자기 자신을 괴롭히는 것에 치중하는 사람이 바로 나였다. 나는 거기에서 빠져나오기 위해 새로운 환경에 던져져야 했다.

마침 회사에서 기획팀이 이원화되면서 패션쇼 디렉터가 더 필요한 상황이었고, 나는 주저 없이 입사를 결심했다.

난 일단 결정한 일은 빨리 진행해야 하는 성격이다. 예를 들어 '파마하고 싶다'라는 생각이 들면 아무리 바빠도 틈새시간을 이용해 파마를 하고야 만다. 미용실 갈 시간이 없는 컬렉션 기간에는 일하다가 파마를 말고 회사로 들어와서는 다시 일을 하다가 중화를 하러 뛰어간다. 이왕 들어가겠다고 마음먹은 회사고 내가 내 회사를 정리하겠다고 마음먹은 상황에서 조건이 바뀌었다고 머뭇거릴 내가 아니었다. '그래, 내가 잘하면 되지. 나만 잘하면 좋은 결과가 오겠지……'라고 생각하며 바로 출근하기로 하고 돌아섰다.

그렇게 DCM과 나의 인연은 시작되었다.

처음 회사에 들어왔을 당시에는 전 직원이 여성이었다. 회장님을 제외하고 사장님 이하 17명이 모두 여성으로, 여자들이 기가 세서

현장에 나가서 일하다 보면
제 때 끼니를 챙겨먹기가 쉽
지 않다. 그래도 건강을 위
해 거르진 말아야겠지!

남자가 들어와도 기를 못 펴고 나간다는 전설 아닌 전설이 내부에 있었던 모양이다. 지금은 남자 직원이 우리 팀만 둘인데, 기를 못 펴기는커녕 성별에 구애받지 않고 적절히 즐겨가면서 일을 하고 있다. 남자 직원들이 성격이 좋아선지 여자 직원들이 성격이 좋아선지는 모르겠지만 내가 판단하기로 우리 팀원들은 동료의 성별이 문제가 될 정도로 동료애가 얄팍하지는 않다. 의리도 있고 서로 아껴줄 줄도 아는 정이 많은 동료들이다.

처음 2주 동안에는 적응하느라 나름으로 꽤 스트레스를 받았던 것 같다. 사람에게 마음을 열기까지 오래 걸리는 내가 또래의 동료를 만났다면 더 긴 시간 어색하게 지내야 했을 것이다. 하지만 어느덧 나는 팀 안에서 또래가 없는 세대가 되어 있었다. 사장님을 제외하고는 나이가 제일 많았으니, 아랫사람들에게 내가 낯을 가릴 수야 없지 않은가……

미팅을 오가며 직원들과 이 얘기 저 얘기 나누는 동안 어색함도 많이 풀리고, 부담스럽게 생각하던 업무도 패션쇼마다 나누어 진행하다 보니 생각보다 어렵지 않다는 사실을 실감하던 즈음이었다. 드디어 회사원으로서 내게 첫 과제가 주어졌다. 문제될 건 없다, 내가 맡은 일에만 최선을 다하면 된다.

하지만 웬걸, 사고 없는 행사는 없다더니 정말로 문제가 생겼다.

갤러리에서 진행하는 패션쇼였다. 지금도 내 옆에서 든든하게 자리를 지키고 있는 S양과 함께 진행하고 있었는데, 무대팀과의 의사소통 문제로 가름막 하나가 설치되지 않은 것이다. 거기다가 더 큰 문제는 그 가름막의 위치가 손님들이 들어오는 정면이라는 데 있었다. 난 회사에 들어오면 태커(tacker)는 들지 않을 줄 알았다. 직접 회사를 운영할 때는 모자라는 스태프들 때문에 주먹구구식으로 필요하면 사다리 타고 태커 작업을 했지만, 회사에는 전문화된 인력들이 많으니까 선수들이 모여 있는데 내가 태커를 들 상황이 오겠나 싶었는데, 그게 아니었다. 선수 아니라, 선수에 선수라 하더라도 행사에는 자질

패션쇼 디렉터라고 해서 콘솔에 앉아 마이크로 지시만 하는 건 절대 아니다. 위급 상황 때는 무대 위 망치질이나 벽 태커 작업도 마다하지 않아야 한다.

구레한 사고에서부터 큰 사고까지 없는 일이 없는 법이다.

변명할 여지가 없는 장소에 뻥 뚫려버린 그곳을 어떻게 해결할 것인가. 스태프들도 우왕좌왕하고 있었다. 이른 아침에 세팅이 시작되어 행사시간이 얼마 남지 않은 상황, 남은 자재라고는 데커레이션을 하다 남은 천과 꽃.

스태프들에게 꽃을 구해오라고 일러놓고 사다리에 올랐다. 태커를 손에 든 채 진행요원에게 천과 꽃을 가져오라고 하고서는 열심히 벽을 장식하기 시작했다. 꽃을 데커레이션하는 것은 이미 나에게 익숙한 일이다. 하지만 작업을 끝내고서 앞으로는 이런 일이 없도록 스태프들에게 실수를 일러주다가 내 입에서 나온 말은 이랬다.

"난 회사에 들어오면 다시는 태커질 안 할 줄 알았어……."

그 당시에는 아직 스태프들과 가까워지기 전이라 이나마 예쁘게 말했지만, 지금 같으면 눈에서 레이저를 쏘아댈 것이다. 그것도 마구잡이로. 입사 후 처음 맡은 일은 이렇게 순탄하지만은 않음으로써

(?) 내 기억에 오래 남을 행사 가운데 하나가 되었다.

입사해서 또 한 번 느낀 행사의 매력은 스태프 한 명 한 명의 성격을 알 수 있다는 점이다. 나와 함께 팀을 이끄는 우리 스태프들, 성격도 가지각색으로 공통분모 하나 없는 그들. 오죽하면 성(姓)이 모두 다르겠는가. 내가 입사한 후 몇몇 직원이 바뀌긴 했지만 그래도 같은 성을 가진 이들이 없다. 이렇게 신기한 우리 스태프들을 나는 매번 행사를 통해 조금씩 더 알아갈 수 있었다.

그 다음 행사도 고생하기는 마찬가지였다.

시작은 작은 규모의 패션쇼였는데, 수차례 미팅을 하다 보니 클라이언트의 생각을 따라가려면 규모를 작게 해서는 결과물이 나올 수 없는 상황이었다. 사장님과 몇 차례 미팅을 하는 동안 패션쇼 규모가 커졌다. 워낙 까다로운 성격인 사장님을 설득하려면 설치물에 대한 사전 확인이 필수였다.

소재 샘플 구하기에서부터 작은 설치물 하나까지 눈으로 확인을 할 수 있게 해야 하다 보니 3D 작업이 거듭되었고, 소재 샘플도 1안에서 5안까지, 컬러 또한 1안에서 5안까지…… 그 분과 행사를 준비하는 과정은 나에게 큰 공부가 되었다. 행사를 준비하면서 일일이 꼼꼼하게 체크하는 모습에 연출가로서 긴장감을 느끼게도 했다. 그 행사 이후에는 나 또한 어떤 일에서든 재차 확인을 하는 나름의 노

하우가 생기게 되었다.

그때의 패션쇼를 마치고 지금까지 인연이 이어지고 있는데 연말이나 연초가 되면 잊지 않고 선물을 챙겨주시고, 행사장에서도 할 얘기가 있을 때면 나를 찾으신다. 까다로우면서도 한번 믿음이 생기면 끝까지 믿어주는 것, 이것이 진정한 카리스마 아닐까.

아무튼 그때의 쇼는 세팅이 복잡하기보다는 시간이 많이 걸리는 작업이 되었다. 벽체가 하나 서면 천 마감하는 시간, 벨벳 천으로 데커레이션 하는 시간, 조명 설치시간, 전시하는 시간까지 밤을 꼬박 새우고도 행사 시작 전까지 일을 해야 했다. 그런데 벨벳 천과 꽃을 담당하는 팀들이 손이 너무 느려서 작업시간을 지체하다 보니 시간은 하염없이 흘러갔고, 엎친 데 덮친다고 벨벳 천을 마감해 오지 않아서 작업이 중단되고 말았다.

당장 재봉틀이 필요한 상황이었다. 다행히 행사장인 호텔에 재봉틀이 있어서 우리 스태프들(의상학과 출신)이 가서 마감을 해오기 시작했다. 난 또다시 태커를 들고 다니며 손이 느린 그 팀들을 무시한 채 분주하게 데커레이션을 했고, 그러면서 다시는 이 팀들과 일을 하지 말아야겠다는 생각이 들었다.

여자들이 모인 팀은 딱 두 종류다. 섬세하고 재빠르게 몸사리지 않고 열심히 하는 팀(우리 회사 팀이 그렇다), 아니면 남이 어찌 생각하든 말든 공주처럼 일을 하는 팀. 여자라고 무시당하기 딱이라는 생각이 드는 이 팀들과 다시는 일을 하지 말아야겠다는 나의 생각이 그릇된 것은 아닐 터이다. 일할 때 몸을 사려가며 한다면 그건 성별을 떠나 프로가 아니라고 생각한다. 일을 맡은 이상 완벽하게 제시간까지 끝내야 하는 것 아닐까…….

결국 스태프 전체가 밤을 꼬박 새우고는 각자 씻고 옷만 갈아입은 뒤 다시 행사장으로 나와야 했다. 밤을 새울 줄은 예상 못 한 나는 옷을 준비하지 못해 부랴부랴 집으로 향했다가 행사장으로 나왔다.

행사는 무사히 잘 마칠 수 있었다. 클라이언트 이하 모두가 만족했으며 나 또한 고생은 했지만 만족스러운 행사였다. 철거할 때는 다른 때보다 두 배로 허탈한 기분이 든 행사이기도 하다. 그렇게 고생할 세팅이 아니었는데 같이 일하는 팀을 잘못 선정한 탓에 두 배로 고생했으니 허탈한 기분이 아니 들겠는가. 어쨌든 고생을 많이 한 행사일수록 기억에 오래 남는다는 것을 다시 한번 느낄 수 있었다.

프로는 입으로 일하지 않는다

패션업계. 항상 느끼는 것이지만 정말 말이 많은 계통이다. 돌멩이 하나를 예로 들어보자. 압구정동 한 건물에서 돌멩이 하나가 떨어졌고 지나가는 행인이 그것을 목격했다면, 다음날 압구정동 제일 큰 빌딩에서 바위가 떨어져 지나가던 차량 혹은 사람이 깔려 죽은 것을 보았다고 소문이 난다.

이런 곳이다 보니 어떻게 보면 재미있기도, 다른 한편으로는 슬프기도 하다. 자기표현의 도구로 사용해야 할 말을 무기로 사용한다는 것은 정말 슬픈 현실이다. 당시에도 그랬다. 입사 후 얼마 되지 않아 다른 연출자들이 줄줄이 나가는 상황이었다.

두 명이 나누어 진행하던 모든 일을 나 혼자 진행해야 했다. 밀어닥치는 일의 양도 무시할 수 없었지만 그 외적인 요소들 때문에도 두 배로 힘이 들었다. 일은 일로써 처리를 하고 진행을 하면 된다. 24

시간을 쪼개가면서 정말 잘하면 된다. 모든 일이 다 일로 시작해 일로 끝난다면 개인적으로 일이 많아 힘들어하면 간단하다. 하지만 나와 일하는 게 처음이라 익숙함이 없어 불안하다는 일부 클라이언트들의 반응이 문제였다.

익숙하지 않아서 불안하다는 뜻은 무엇인가. 연출하고 기획을 하는데 친하고 안 친하고가 왜 문제인지…… 물론 친분이 있다면 말을 하기는 편할 것이다. 부탁할 일도 편하게 말할 수 있을 것이다. 하지만 그것이 주가 될 수는 없다. 프로가 프로를 만나서 일을 진행하는데 일이 서툴러서 불안하다는 것도 아니고 익숙하지 않아서 불안하다는 것은 납득이 되지 않는다.

이런 반응에 많은 생각을 하게 되었다. 물론 사장님은 시간이 지나면 해결이 되는 것이니 신경 쓰지 말고 일을 하라지만 실무적으로 일을 하는 나에게는 신경이 안 쓰일 수 없었다. 그나마 모두가 다 그랬다면 완전히 의기소침해졌을지 모르지만 다행히 그렇지는 않았다. 기획과 연출 일이란 게 매번 같은 이들과 만나 일하지는 않는다. 같은 클라이언트라 하더라도 담당자들은 바뀌게 마련이고, 회사가 계속 발전하려면 새로운 클라이언트들을 자꾸 만나서 일해야 하기 때문에 새로운 만남이 끊이지 않는다.

'그래…… 누가 이기나 한번 해보자!'

프로는 실력으로 보여주면 된다. 말로 일하는 것은 프로가 아니

콘솔 안에서 외로운 싸움을 하고 있는 내게 자주 찾아와 따뜻한 조언을 해 주시는 DCM 고은경 대표와 함께.

내가 인정하는 최고의 모델이
자 친동생과도 같은 모델 노선
미. 늘 최선을 다해 자기 관리
를 하는 모습에 나는 항상 박
수를 친다. 모든 모델들의 본
보기가 될 만하다.

다, 사기꾼이지.

기획, 연출가인 나도 일로 승부하면 되는 것 아닌가. 쉴 수가 없었
다. 전화로 얘기해도 되는 상황인데도 난 직접 미팅을 했다. 익숙하
지 않아 불안하다는 그들을 위해서.

모 행사를 진행할 때였다. 행사는 8월 중순인데 준비를 3월부터
시작했다.

일반적으로 기획의 첫 단계는 장소 제안이다. 장소가 결정되어야

패션쇼를 현실화할 수 있고 1차 제안서도 나온다. 무대, 조명, 음향, 객석, 파티 공간 등을 어떻게 계획할 것인지 이때 제안하게 되고, 그래야 설치 공간 수정 후의 모든 소재와 컬러, 사이즈가 세부적으로 정확히 나올 수 있다. 이후 몇 번의 수정을 거듭하면서 기획은 완성된다.

그런데 이 행사는 장소가 정해지지 않았다. 호텔에서 할지 다른 새로운 장소를 물색할지 결정하지 못한 채 3월을 꼬박 보내야 했다. 그러느라 일은 지연되고, 장소 고민은 끝이 없으니 내가 얼마나 답답했겠는가. 그러다가 8월 완공을 앞둔 건물을 발견했다. 기획하는 사람으로서는 불안한 결정이지만 어쩌겠는가, 원하면 맞추어서 해야 하는 상황이니……. 골조만 완성된 건물을 보자니 한숨만 나왔다. 이 건물이 과연 완성될 것인가.

장소가 결정되었으면 구체적인 기획에 들어가야 한다. 보통 대관 장소에는 도면이라는 것이 있다. 하지만 이 건물은 완공 전이다. 수시로 바뀔 수 있는 도면인 것이다. 행사를 진행하는 8월까지 우리는 건물주도 아니면서 하루에 한 번씩 그곳에 가서 진행과정을 살펴봐야 했다. 도면과 다르게 인테리어가 진행되면 싸워가면서.

기획서 안에서는 행사 전체가 보여야 한다. 그러려면 사이즈가 완벽하게 나와야 하는데, 완성되지 않은 공간을 설계도면만 보며 기획하자니 미칠 노릇이었다. '1차 계획 이후 2차 세부적인 사이즈 측정'

고되게 마친 행사 중의 하나. 이를 기념하기 위해 스태프
들과 장난스런 포즈를 취해 보았다.

의 단계가 아니라, 1차에서 모든 것이 완벽해야 하니 도면을 들고 건
물 안에서 실측하기를 수십 번은 한 것 같다. 방석을 제작하려면 방
석 쿠션의 높이까지 확정지어야 하는 상황, 이후 우리는 복잡한 설
계도면도 나름의 방식으로 알아볼 수 있는 사람들이 되었다.

2분간의 지옥, 어둠에 잠긴 백스테이지

몇 달간 그 행사에 매달리다가, 짬을 내서 휴가 아닌 휴가를 다녀
오기 위해 하루를 쉬려 한 적이 있다. 그런데 바로 회사에서 연락이
왔다. 행사 관련 미팅을 해야 한다고.

내가 참석하지 않으면 가뜩이나 익숙하지 않아서 불안하다는 클

라이언트인데, 선택의 여지가 없었다. 바로 서울로 출발해서 회사로 들어왔다. 방식은 마음에 들지 않았지만 '그래, 이번 행사 잘 마무리 하면 내년에는 좀 쉽게 갈 수 있겠지'라는 생각에 참을 수 있었다.

그리하여 그 여름 내내 난 쉴 수가 없었다. 다른 직원들 모두 가는 휴가를 포기함으로써, 사생활을 포기한 그해 여름의 나. 난 일이 좋아서 하는 사람이고, 그렇다면 다른 생각은 할 필요가 없다. 개인적인 생활도 포기할 수 있다고 생각한다. 사생활을 100퍼센트 만족시키면서 사회생활도 100퍼센트 할 수 있는 세상이 아니라는 것을 안다.

가끔씩 포기해야 하는 것도 있어야 한다. 매번 포기하다가는 인생 한쪽이 무너질 수 있으니 적정선은 찾아야 하겠지만. 당시 나는 회사에서 확고한 나의 자리를 잡는 것이 내 인생에서 중요한 부분이 될 수 있다고 판단했다. 나의 꼬마도 엄마 마음을 이해하리라 생각한다. 최선을 다하는 엄마의 모습을 보면 우리 지오도 실망하지 않으리라 생각하니까.

마침내 대망의 행사일이 다가왔다. 이틀 전부터 세팅을 시작한 시스템 스태프들의 고생은 이루 말할 수가 없었다. 염려하던 부분이 현실화되어 완공되기 전에 행사를 열어야 하는 상황이 연출되었다. 공사중이니 청소가 되어 있을 리 만무했다.

모두 마스크를 착용하고 설치를 시작했다. 조명에 이어 무대팀이

들어가 세팅을 한다. 더위가 막바지에 이른 8월의 이틀 동안 풀가동을 한 우리는 행사 당일 오전까지도 청소를 하느라고 난리법석을 피웠다. 완공된 상황도 아니니 건물주의 협조를 바라기는 그른 일, 모든 일에 비협조를 받아가며 우리는 행사를 시작할 수 있었다.

리허설을 마치고, 게스트들이 입장을 시작했다. 나도 긴장하기 시작했다. 연출가로서 항상 패션쇼 시작 전에는 확신이 든다. 머릿속에 이미 패션쇼는 그려져 있으니까. 그래도 혹시 내가 풀려는 방향으로 풀리지 않으면 어떻게 하나, 불안한 마음이 든다. 이것은 패션쇼를 시작해야 없어진다. 직접 눈으로 확인을 시작하면 불안한 마음이 사그라지는…… 이런 긴장감이 나는 좋다.

패션쇼는 매번 다르다. 다른 클라이언트, 다른 콘셉트, 다른 음악, 다른 무대, 다른 조명, 다른 모델…… 같을 수가 없다. 그러니 10년이 지난 지금도 패션쇼를 진행할 때면 매번 특유의 긴장감이 생길 수밖에. 이번 행사는 준비기간 내내 힘들어서일까, 다른 때보다 긴장감이 더하다.

패션쇼 시작, 전체 암전.

음악과 조명과 함께 모델들이 캣워크를 시작하면…….

드디어 시작이다. 하지만 온전히 시작을 하지 못했다.

갑자기 인터콤을 통해 백스테이지 조연출의 외침소리가 들려왔다.

"피팅룸 조명이 나갔어! 어두워서 모델들이 옷을 못 갈아입고 있

조명 담당 스태프들. 이인철 팀장 (우측)을 비롯 늘 묵묵히 최선을 다해 일하기 때문에 모든 이들이 든든해 한다.

어!"

조명팀에게 어떻게 된 일인지 소리쳐 물었지만 아무도 이유를 찾지 못했다. 피팅룸 조명은 건물에 원래 설치된 조명이다. 그렇다면 건물 전체 조명을 누군가 내린 것이라 판단하고 홀에 있는 스태프들이 뛰어 나가고…… 몇 분이 흘렀는지 모른다. 나에겐 몇 시간이었지만. 이대로 조명이 들어오지 않아서 모델들이 무대에 오르지 못한다면 난 연출석에서 뛰어내려 죽어버려야겠다는 생각만 들었다(연출석의 높이는 2층 건물 정도였다).

"이런, 미치겠군! 아직도 어두워!"

계속되는 백스테이지의 외침에 난 "나 좀 살려줘!"라고 외칠 수

연출을 시작했을 때부터 함께 하다 보니 어느새 미운 정, 고운 정이 다 들어버린 도덕기 실장. 아직도 우리는 콘솔에서 티격태격 싸우고 있다.

밖에 없었다. 그때, 그토록 기다리던 "불 들어왔어!" 하는 소리가 들렸다.

쇼를 보는 사람들, 클라이언트…… 아무도 몰랐겠지만 쇼를 시작하고 2분 동안 나는 지옥을 왔다갔다했다. 쇼를 마치고 파티가 시작되는 것과 함께 연출석에서 내려왔다.

최고의 쇼였다는 소리를 뒤로한 채, 나는 백스테이지로 들어가 주저앉았다. 기를 다 빼앗겨 서 있을 힘조차 없었다. 모두들 좋아한다. 하지만 난 그것을 즐길 만한 여유가 없었다. 스태프들 모두 왜 조명이 나갔는지 아무도 이유를 모른다 한다. 다만 조명이 나가자마자 헬퍼들이 핸드폰을 일제히 열었다는 얘기와 그래서 모델들이 옷을 갈아입을 수 있었다는 얘기에 난 안도의 숨을 내쉬었다.

성공적으로 쇼를 마친 데 감사하는 마음으로 뒷마무리를 했지만,

난 왜 조명이 꺼져야 했는지 이유를 알아야겠다고 마음먹었다. 다시는 그런 일이 일어나면 안 되니까. 다음날 스태프들을 대동하고 행사장으로 향한 나는 행사장 동선을 따라 수사를 시작했다. 조명을 끌 수 있는 방법에 무엇 무엇이 있는지 살펴보자, 건물 전체 조명을 내리는 차단기와 장소별 스위치 두 가지뿐이다.

차단기는 피팅룸 조명이 나가자마자 스태프들이 확인했으니 그것은 아니다. 그럼 스위치를 내렸다는 얘긴데…… 추리가 계속된다. 누가 내렸는가, 스위치는 코트 체크룸 안에 있었다. 그곳에 있던 스태프들이 왜 스위치를 내렸을까.

패션쇼 시작 전에는 전체 암전을 해야 한다. 행사장 안의 층계, 복도, 코트 체크룸은 조명을 시작 전에 껐다가 쇼가 시작되면 다시 켜라고 스태프들에게 말했었다. 내가 직접 다니면서 체크까지 해줬다. 그렇다면 혹시 그때 피팅룸 조명까지 스위치를 내렸다가 올린 건 아닐까, 조명 꺼진 시간도 쇼가 시작하자마자였다. 계속 수사를 하다 보니 범인이 누구인지 알 것 같다. 너지……?

우리는 웃음이 나왔다. 어처구니없는 일이다. 그 친구는 눈물에 콧물까지 흘리며 울기 시작했다. 자기 잘못을 미리 알고 있었을까, 아니면 지금 알았을까? 우린 서럽게 울어대는 그 친구 옆에서 어처구니없어하며 함께 사진을 찍었다. 그리고 사진을 홈페이지에 올렸다. '왜 울고 있을까요?'라는 제목과 함께.

난 행사장에서 화를 잘 내지 않는 성격으로, 웬만하면 좋게 해결하려 노력하는 편이다. 패션쇼를 위해 모인 사람들은 모두 완벽한 패션쇼를 위해 모인 사람들이다. 같은 마음으로 모인 사람들인데 서로 의견이 맞지 않는다, 스타일이 맞지 않는다 등의 이유로 맞서고 싶지는 않다. 서로 자기 견해를 말할 수 있으니 각자 포지션에 맞게 설득하면 되지, 좋은 마음으로 모인 사람들끼리 부딪치면 되겠는가.

간혹 서로가 프로임을 잊는 일도 생긴다. 예를 들어 음악 담당이 조명까지 이러쿵저러쿵해선 안 된다. 그런 일은 서로 프로임을 망각하는 것이다. 또한 연출가가 디자이너에게 디자인에 대해 왈가왈부하는 것도 자기 본분을 망각한 행동이다.

이런 일만 아니라면 나는 화를 참고, 일단 상대방의 말을 다 들어준다. 호응까지 해주면서. 그러고 나서 "그렇게 느낄 수 있다. 하지만……" 하면서 나의 의견을 말한다. 꼭 원하신다면 해드릴 수 있으나 별로 좋은 것 같지 않아서 걱정스럽다는 얘기와 함께. 그러면 열에 아홉은 설득당한다. 자기도 100퍼센트 확신이 없기 때문에, 실패한다면 책임질 수 없으니까.

또한 연출가로서 주의할 점은 클라이언트를 최대한 존중해야 한다는 점이다. 클라이언트가 있기 때문에 내가 있는 것이니 항상 클라이언트의 마인드를 읽어내고자 노력한다. 클라이언트의 마인드를 읽어내지 못하면 연출가만의 패션쇼로 흘러가버리는 일이 생긴다. 연출가 혼자 성공적인 패션쇼였다고 자화자찬해봐야 소용없는 일이다. 내가 다시는 이 클라이언트의 패션쇼를 연출하지 않으리라는 생각이 있지 않은 한 결코 클라이언트와 문제를 만들어선 안 된다.

사람들은 모두 나름으로 성깔이 있다고 본다. 욱하는 감정이 없는 사람이 세상에 있을까. 성격이 좋은 사람은 다른 사람보다 감정조절을 잘하기 때문에 그런 감정을 표현하는 횟수가 덜할 뿐이다. "나는 원래 성격이 좀 있어……" 하고 자신을 설명하는 사람은 사회생활을 못하는 사람이다. 자기가 능력 없다고 말하는 것과 무엇이 다를까. "난 욱하는 성격이 있어서 못 참고 화를 내. 그래서 일을 많이 놓쳤어"와 똑같은 말이다. 회사의 대표라도 자기 성격대로만 한다면 남아 있을 직원이 있겠는가. 사회에서 비즈니스 마인드는 결코 버려선 안 될 한 가지다.

이걸 모르는 바 아니지만…… 내가 '연출가로서 다시는 이 일 안 해도 좋다'고 생각한 사건이 있다. 각기 개성이 뚜렷한 패션 업계 클라이언트들, 이건 내가 새로운 클라이언트를 만날 때마다 느끼는 감정이다.

문제의 발단이 된 것은 한 행사였다. 취지 자체가 좋았기에 회사에서도 좋은 일 한번 하자는 생각으로 행사를 맡기로 했다. 그 행사 프로그램 중에 패션쇼가 있었는데, 디자이너가 굉장히 감정적인 마

인드의 소유자였다. 시시각각 변하는 마음과 말…… 정신이 하나도 없었다. 이 직업을 시작한 지 얼마 되지 않은 시점이었다면 버티지 못했을 거라는 생각조차 들 정도였다. 어떤 상황에서는 농담으로, 어떤 상황에서는 혼자 삭이는 방법으로 일을 진행하고 있었다.

드디어 행사 전날 현장. 좋은 취지니까 시스템 업체들도 우리 회사도 모두 비용 생각 않고 협찬 개념으로 일을 하는 상황이었다. 협찬이라고 밤샘 작업을 하지 않겠는가. 모두들 잠을 쫓으며 일을 하는데…….

행사 총괄 기획자와 패션쇼 디자이너 사이에 격렬한 부딪침이 생겼다. 내용을 알 리 없는 우리는 말리기 바빴지만, 행사 전날 무슨

난린지 답답하기만 했다. 더더군다나 좋은 일 하겠다고 모인 사람들 아닌가. 쇼를 중단하겠다는 디자이너, 맘대로 해보라는 총괄 기획자…… 몸싸움까지 일어난 이 소동으로 현장은 난리가 났었다.

일단 양쪽을 다 뜯어말려놓고 한숨을 돌리는데, 내 전화기에 불이 나기 시작했다. 양쪽을 다 아는 사람은 나밖에 없으니 내게 하소연이 시작된 것이다. 기획자는 내일 행사를 못하는 한이 있어도 강하게 나갈 것이라는 얘기였는데, 디자이너 쪽은 쏟아내고 또 쏟아내도 할 말이 남는 모양이었다. 아침이 밝아올 때까지 디자이너의 불나는 전화 때문에 5분도 눈을 붙이지 못한 채 행사장을 지켜야 했다. 아침에 가까스로 정리가 되고 리허설을 할 수 있었지만 수월하게 리허설이 진행될 리 없었다. 나도 들지 않는 마이크를 디자이너가 들고서 이리 뛰고 저리 뛰고…… 그러니 온전히 리허설을 할 수 있겠는가. 이럴 때는 다른 행사 열 개를 한 것보다 더 힘이 든다. 힘이 드는 것이 아니라 미친다.

사공이 많으면 배가 산으로 간다는 것은 맞는 얘기다. 그래서 난 각자 포지션에 맞게 자기 역할만 충실히 하는 사람들이 좋다. 쉴새 없이 모든 행동을 말로 대신하는 사람은 정말 싫다. 그런 사람과 일 하는 것은 모든 일에서 능률이 저하되는 최악의 상황과 같다.

가까스로 리허설을 마친 뒤 산더미처럼 쌓인 일을 정리하려 스태프들과 미친 듯이 일을 하는데 저쪽에서 디자이너의 고함소리가 들린다. 현장에 가보니 퍼포먼스 팀의 무대가 너무 크다고 난리가 났다. 분명 주문하기 전에 사이즈를 확인했다. 본인이 확인한 사이즈임에도 아니라고 난리법석이다. 설명을 해봐야 아무 소용없는 일, 그렇다고 밤새 작업하고 돌아간 무대팀을 다시 불러서 고생시킬 수는 없었다. 좋은 일 하자고 시작한 일이 이미 나에겐 좋게 하기가 틀려진 상황이었다. 다른 팀들에게도 나와 같은 기분을 느끼게 하고 싶지는 않았다.

스태프들에게 망치와 태커 등을 가져오라 하고, 디자이너가 보는 앞에서 망치를 들고 무대를 분해하기 시작했다. 이미 험악해진 나는 디자이너에게 화를 낼 수 없으니 무대에게 화를 내고 있었다. 서당

개 삼 년이면 풍월을 읊는다 했던가…… 무대를 잘라내고 천 마감 다시 하고, 무대 팀이 오지 않아도 마무리가 가능했다. 디자이너도 내가 살기가 돌아 망치질하는 모습에 더 불만 없이 백스테이지로 들어간다. 하지만 일은 거기서 마무리되지 않았다.

영상 소스는 왜 이리 많은지, 영상팀과 수많은 영상을 맞추고 내레이션을 정리하느라 정신이 없는 상황인데 갑자기 디자이너가 나를 향해 달려왔다. 협찬사 로고를 하나 더 만들어서 무대에 붙이라는 것이다. 무대 로고가 그냥 나오는 것인가, 제작할 시간도 필요하고 현장으로 오는 데도 시간이 걸린다. 나한테 말한다고 그 자리에서 뚝딱 나오는 게 아닌 줄 뻔히 알면서…… 옷이 모자란다고 지금 만들어 가져오라면 가져올 수 있는 것인가 말이다.

왜 서로의 영역을 인정하지 못하는 것인지. 그걸 지금 말씀하시면 되냐며 더는 답변을 하지 않았다. 그것이 화근이었다. 뭐 기분 나쁜 거 있냐, 왜 사람 말을 무시하냐…… 연출석에 있는 나에게 소리소리를 지른다.

더는 참을 수 없다.

더는 좋은 일을 할 수가 없다.

더는 이 패션쇼를 연출하고 싶은 생각이 없다.

더는 프로 대 프로로서 일하는 것이 아니다.

아무 말 없이 연출석을 내려왔다. 뚜벅뚜벅 무대로 걸어가자, 디

쇼의 오프닝을 알리는 모델의 당당한 워킹 뒤에는 수많은 이들의 노고가 숨어 있다.

자이너는 뒤쫓아와 등 뒤에서 고래고래 소리를 지른다.

"백스테이지에서 내 가방 갖다 줘."

놀란 스태프들이 나를 말린다. 하지만 이미 아무 말도 들어오지 않는다.

"가방 달라고!"

폭발한 것이다.

직접 가방을 들고 나오는데 디자이너 선생님이 팔을 잡는다. "이거 놓으세요" 하며 뿌리치고 뒤도 돌아보지 않고 나왔다. 그때까지는 눈물이 나오지 않았는데, 쫓아 나온 조명감독과 동생이자 동료인 한 친구의 "참아……" 하는 말에 와락 눈물이 쏟아졌다.

정말 하고 싶지 않았다. 처음으로, 연출가로서 잘하고 싶지가 않았다.

패션쇼를 위해 준비된 조명과 무대, 음악 그리고 모델들, 이 자리에 모인 사람들에게 미안할 따름이었다. 그때 사장님이 전화를 하셨다.

"도저히 못하겠어요."

"그래, 다 알아. 그래도 어쩌니, 마무리는 해야 되지 않겠어. 다음에 이 일을 다시 하지 않더라도, 오늘은 마무리는 해야 하지 않겠니……."

모델로서 선배이자 인생의 선배인 사장님의 긴 말씀에 더는 고집을 피울 수가 없었다. 나 개인의 일이라면 뒤돌아보지 않겠지만 난 회사에 소속된 사람이지 않은가. 마음을 가다듬고 다시 행사장으로 들어가야 했다. 물론 2차 리허설은 조용히 끝날 수 있었고, 행사도 순조롭게 진행되었다. 패션쇼 또한 환호 속에서 끝을 맺었다. 이번 행사를 위해 모인 사람 모두에게 수고 많았다는 인사를 하면서도 난 디자이너에게는 한 마디도 않고 행사장을 떠났다. 며칠이 지나 디자이너가 전화를 걸어왔을 때에야 그날 일에 대해 서로 대화를 나눈 뒤 미안하다는 말과 함께 사건을 마무리했다.

그날 내가 한 행동은 회사에 소속된 사람으로서는 잘못된 행동이었을 것이다. 하지만 프로를 프로로 인정하지 않는 데 대한 대응으로는 내 행동에 후회가 없다. 서로를 프로로서 존중할 때 우리 패션 업계가 더 살아나지 않을까. 무대 제작자로서 인정, 조명감독으로서 인정, 음악감독으로서 인정, 연출가로서 인정, 모델로서 인정…… 실력으로 평가하기 전에 금액이나 친분관계에 좌우되는 것은 분명 발전을 저해하는 요소가 된다. 서로의 분야를 인정하고 존중하는 마음으로 일을 하는 것. 패션 업계에 대한 나의 개인적인 바람이다.

그들이 있어 나의 연출은 비로소 완성된다

한 해의 마지막 달인 12월, 회사에서는 그해의 마지막 쇼를 마친 뒤 1년을 무사히 보낸 것을 축하하며 파티를 연다. 그동안 동고동락한 모델들, 스태프들과 함께하는 자리. 매년 변함없이 나와 함께해준 그들과 송년회를 할 때가 한 해 동안 가장 마음 뿌듯한 날이 아닐지. 나와 함께 가는 모델들은 내게 이런 말을 들어보았을 것이다. 회사가 없어지지 않는 한 나는 너희가 은퇴하는 그날까지 함께할 것이라는…….

매번 행사 때마다 이들을 보면 마음이 편해진다. 어떤 설명이든 잘못 이해하는 일이 없다. 굳이 리허설을 하지 않아도 모아놓고 이번 스테이지는 이런 분위기야, 하고 설명만 하면 나의 느낌을 알아서 표현해준다. 그들과 함께한 수많은 쇼는 내 마음속에 영원히 남아 있을 것이다.

요즘은 좀 드문 일이지만, 이들과는 행사를 마치고 술자리도 참 많이 했다. 술 한 잔을 앞에 두고 각자 고민을 이야기하거나 생각을 공유하는 사이에 새록새록 정이 생기고 의리도 생기는 것 아닐까. 지방에서 패션쇼가 열려 모두 함께 이동할 때도 그런 자리는 빠질 수 없었다. 숙소를 정하고 리허설은 가뿐히(설명 하나로 모두 해결되는 이들이니까) 마치고는, 다음날 행사에 지장 주지 않을 정도로 기분 좋게 술자리를 만든다.

그리고 다음날 행사를 성공적으로 마치고 나면 서울로 출발하기 전에 저녁식사와 함께 반드시 회식을 한다. 지금은 끝나기 바쁘게 뿔뿔이 헤어지지만, 생각해보면 그때가 서로 정이 더 많았던 것 같다. 아니면 지금은 다들 그럴 시간조차 없을 정도로 바쁘게 사는 것일까…….

전세버스를 타고 올라오는 길에는 난리가 난다. 버스가 들썩들썩하도록 노래를 부르고 춤을 추고, 그렇게 서울로 돌아오는 길엔 언제나 내 마음을 채워주는 뿌듯함이 있었다. 지금도 이들과 함께한 시절의 사진이나 영상 자료를 보면 늘 남다른 감회에 젖는다.

모델들 못지않은, 아니 어떤 면에서는 더 끈끈한 정이 스태프들과

언제나 나를 든든하게 지원해 주는 소중한 우리 식구들. 이들만 봐도 힘이 불끈 솟는다.

나 사이의 정 아닐까. 힘든 시간을 함께 몸으로 겪어내며 쌓인 정이니까. 함께 고생하면 그만큼 추억도 많이 쌓이는 법이다.

스태프들과의 작은 추억들 가운데 많은 부분이 야외 패션쇼에서 일어났던 것 같다. 야외에서 쇼를 하면 날씨가 덥거나 적당히 따뜻할 때는 그만큼 재미도 더 커지는데, 문제는 추울 때다. 초가을에 갑자기 추워진 날이었다. 광장에 무대를 세팅하고 행사를 준비하고 있는데, 해가 있는 낮에는 추위를 모르고 일했다. 하지만 2부 행사를 준비할 때쯤, 날이 어둑어둑해지면서 해가 지자 기온이 갑자기 떨어지는 것 아닌가. 막힌 데 없는 광장이다 보니 바람도 장난 아니게 불어대고…….

모델들은 패션쇼 시작 전까지 따뜻한 카페에서 쉬라고 할 수 있지만 스태프들은 무대를 비울 수 없다. 행사장을 지키지 않았다가 사고라도 생기면 문제가 커지기 때문이다. 일반 사람들이 호기심에 무대로 올라갈 수도, 조명이나 음향 기자재를 만질 수도, 아니면 바람이 지나치게 세게 불어 백드롭이 넘어질 수도 있는 다양한 사고가 기다리는 곳이 무대다. 시스템 스태프들, 우리 회사 스태프들은 백스테이지에 난로를 가져다놓고 추위를 피하고 있었다.

하지만 뻥 뚫린 공간에서 작은 난로 하나로는 손이나 녹일까, 몸을 데우기엔 역부족이다. 결국 우리는 알코올의 힘을 빌려보자고 합의했다. 행사를 마치기 전에 술을 마신다는 것은 있을 수 없는 일이지만, 그 자리에서 우리와 함께 한겨울 같은 추위를 겪어보았다면 분명 이해할 것이다. 속을 덥힐 뜨거운 국물 대용으로 근처 노점에서 어묵을 사고, 소주도 사가지고 와서는 백스테이지에 둥그렇게 모여앉아 한 잔씩 술을 마셨다.

함께 일하는 사람들과 추위를 피하기 위해서 마시는 한 잔의 술…… 그때의 느낌을 어찌 잊을 수 있겠는가. 그 외에도 스태프들

패션쇼 기획 · 연출은 물론 모델 에이전시까지 겸하는 DCM의 특성상 모델 및 다양한 분야의 스태프들과 어울리다 보면 성별을 뛰어 넘는 프렌드십을 느낀다.

과 함께 마신 술은 서로 돈독한 정을 느끼게 해주는 동시에, 일하면서 힘든 순간들도 즐거운 순간들로 받아들이게 격려하고 위무해주는 소중한 의미였다.

내가 꿈꾸는 패션쇼

항상 금액을 염두에 두고 기획을 할 수밖에 없는 내 입장에서 꿈에 그리는 패션쇼란, 퀄리티만으로 승부하는 쇼이다. 클라이언트의 마인드와 콘셉트를 살릴 수 있는 기획을 하되, (저예산으로 최고의 효과를 낼 수 있는 패션쇼 기획이 아닌) 최고의 효과만을 생각하는 패션쇼 기획을 하고 싶은 마음이다.

디자이너를 비롯한 클라이언트와 미팅을 할 때는 머릿속에 수많은 기획 아이디어가 지나가는 것을 느낀다. '하고 싶은 패션쇼는 이것이다!'라는 마음이 들지만 금액을 생각하면 턱없는 생각이라 그것을 버리고 예산에 맞는 아이템을 짜내느라 머리를 쥐어뜯는다.

외국 컬렉션을 보면 나는 가슴이 아프다. 우리가 생각을 못하는 것이 아니라 그들이 저렇게 표현할 수 있도록 제반 여건이 되는 것뿐인데…… 그들이 부러울 따름이다. 자재 하나, 조명 위치와 종류, 특수효과가 조금 다르다는 것만으로도 다른 이미지를 표출할 수 있으며, 같은 효과라도 장소에 따라 쇼 느낌이 확 달라지는 게 패션쇼

이다. 그것을 마음대로 쓸 수 없는 것이 마음 아픈 것이다.

우리의 실력이 그들과 견주어 조금도 손색이 없다고 생각한다. 나 혼자만 그것을 느끼는 것이 아니다. 간혹 패션 업체 중 외국 본사와 연계해서 패션쇼 진행을 하다보면 우리에 대해서 잘 몰라 끊임없이 확인하고 의심하는 경우가 있다. 그러다가도 행사 당일 우리를 보면 감동을 해, 감사 인사와 선물 등으로 보답하곤 한다.

얼마 전 모 브랜드 런칭쇼 때에도 클라이언트의 의심 섞인 눈초리(?) 속에서 보통 쇼의 열 배 이상 정신적 고통을 받아가며 진행을 해야 했다. 결국 우리의 진가를 알아본 덕분에 대규모 런칭쇼를 성황리에 마치고 뿌듯한 마음으로 행사장을 나올 수가 있었다.

우리의 쇼에서 무대, 조명, 음향, 음악, 모델, 연출…… 어느 하나라도 손색이 없음을 난 자부한다.

항상 최고의 패션쇼가 될 수 있도록, 항상 성공적으로 패션쇼를 마칠 수 있도록…… 그것만을 꿈꾸며 살아갈 것이다.

쇼를 위해 울음도 뒤로 미루고

패션쇼는 시즌일 때와 시즌이 아닐 때의 차이가 큰 편으로, 시즌에 따라 일이 몰리는 경우가 많다. 바쁠 때는 같은 날 쇼가 겹치는 일이 적지 않게 생긴다. 지금은 겹치는 상황이 오더라도 스태프들을 나누어서 진행하면 되지만 그 당시 회사에서 연출가는 나밖에 없었다. 모델들이야 나누어서 섭외하면 되고 스태프들도 두 팀으로 나누면 되지만 나는 나눌 수가 없었다. 또한 내가 영업까지 했던 상황이라 내가 나타나지 않으면 문제가 될 상황이었다. 그나마 다행인 것은 패션쇼 시간이 겹치지 않았다는 점, 그리고 행사 장소도 차로 20분 거리였다는 점이다.

안 되는 일은 없다, 해 보자!

일을 진행했다. 아침 일찍 B장소에서 리허설을 마치고 A장소로 이동해서 리허설을 한 다음, A장소의 1시 쇼를 마치고 3시 쇼를 위해 B장소로 이동한다.

모델 네 명이 A쪽과 중복된 관계로 모델의 차로 이동하기로 했다.

그 친구 차는 코란도 2인승용으로, 불법인 줄 알면서도 나와 운전하는 모델 외에 화물칸에 모델 세 명이 더 타고 있었다. 나누어서 이동하는 것보다는 한꺼번에 이동하는 편이 나 또한 덜 불안했으니까.

시간이 없는데, 차가 막히기 시작했다. B장소 스태프들이 어디쯤 왔는지 재촉하는 전화를 불이 나게 걸어대니 마음은 초조해 미칠 것 같은데, 나의 급한 마음을 알았는지 운전하는 모델이 샛길에서 샛길로 차가 막히지 않는 곳으로 운전을 하기 시작했다. 곁에서 우리는, 도착할 수 있으니 천천히 가도 된다며 서로 위로 아닌 위로를 주고받았다.

드디어 정체가 풀리고, 신나게 속도를 올리며 가는데 4거리 신호를 우리가 무시한 건지 상대 차량이 무시한 건지는 기억나지 않는다. 다만 옆으로 달려든 봉고차를 보며 내가 비명을 지른 것 외에는……. (시간이 지나 들은 얘기지만 나의 비명소리는 "어이쿠!"였단다.)

나의 비명에 이어 화물칸에 탑승한 모델들의 비명소리가 들렸던 것 같다. 그러면서 차는 옆으로 쓰러져버렸다. 다행히 안전벨트를 매고 있던 나는 차에 대롱대롱 매달린 상황이 되었고, 화물칸에서 뒤엉킨 모델들을 꺼내느라고 뒤에서는 사람들이 아우성이었다.

매달려 있으면서도 나는 B장소는 어떻게 하나…… 별의별 생각을 하고 있었다. 누군가 나를 꺼내줘야 하는데 좌석도 없이 쭈그려 있던 모델 세 명이 다친 모양으로, 내가 조수석에 매달려 있다는 사실을 아무도 모르는 것 같았다. 안전벨트를 풀어야 하는데 쉽게 풀리지 않았다. 내가 안전벨트에 몸을 지탱하고 있으니 풀리지 않는 게 당연하건만.

한참을 낑낑거리다가 안전벨트를 풀었고 차 밖으로 나올 수 있었다. 모델들을 살펴보니, 여자 모델 두 명은 통곡을 하고 있고(얼마나 놀랐겠는가, 화물칸에는 창문이 없으니 상황도 모른 채 굴렀을 것이다), 남자 모델 한 명은 뭐라고 횡설수설 중얼거리고 있었다. 운전을 하던 모델은 경찰차며 견인차며 정신이 없는 상태였고…….

일단 B장소의 스태프에게 전화를 했다. 상황 설명을 하고, 모델 네 명은 못 가게 되었으니 의상 정리를 다시 해야 한다, 의상이 정리되면 모두들 스탠바이 하고 있어라, 내가 도착하면 바로 시작한다는 내용을 전했다. 그러고는 모델들을 병원으로 보내고 사고 차량이 견인차에 실려가는 것을 확인하고 나서, 주섬주섬 물건을 챙겨서 택시를 잡아타고 행사장으로 향했다.

마중 나온 스태프에게 짐을 챙기라고 당부하고 행사장으로 달려갔다. 가슴은 쿵쾅쿵쾅 진정할 수 없었지만 패션쇼를 보기 위해 온 많은 사람들, 브랜드 담당자들 앞에서 내색할 수는 없었다. 도착하고 바로 시작했는데도 패션쇼는 결국 20분이나 지나 있었다.

쇼를 진행하다 보니 조금씩 진정되고 담담해지는 느낌이었다. 그러나 피날레를 마치고 백스테이지로 들어간 나는 그대로 울기 시작했다. 한참 동안……. 겁이 없어서 사고를 당하고도 행사장까지 올 수 있었던 게 아니다. 원래도 겁이 많은 사람이지만, 겁을 낼 수 없는 상황이었기에 참았던 울음이 패션쇼를 마치고 나서야 터진 것이었다.

그날 저녁 행사를 모두 정리하고 모델들이 있는 병원으로 향했다. 모두 놀라서 진찰을 받고 있었지만 큰 상처는 없어 보였다. 천만다행이라며 가슴을 쓸어내릴밖에…….

Show must go on!

나는 '패션쇼 연출가'라는 나의 직업을 사랑한다.

하지만 이 일을 하고 싶어하는 모든 이들에게는 '패션쇼 연출가' 라는 직업이 절대로 화려하지만은 않다는 것을 말하고 싶다. 또한 전문성이 인정되어 금전적으로 보장받는 직업도 아니다. 다만 그렇게 될 수 있도록 지금 현역에 있는 사람들이 노력한다고 믿고 싶다.

얄팍한 정열만으로는 이 일을 할 수가 없다. 미쳐야 할 수 있는 일이 패션쇼 연출가임을 알아야 한다. 이런 사실을 알고 시작한다 해도 중도 포기하는 사람 또한 많은 것이 현실이기 때문이다.

아직 패션쇼 연출을 따로 공부시키는 기관은 없다. 배움의 길은 직접 패션쇼 현장에 뛰어들어 배우면서 일을 하는 게 가장 빠르다. 어떻게 생각하면 학원이나 학교에 수강료를 내고 배우는 것이 아니라 돈을 받으면서 배운다고 생각을 할 수도 있는 상황이다. 이렇게 1년을 가르쳐 일을 좀 맡겨야 하는 때가 오면, 포기하는 이들이 많다. 1년을 배우고 나면 좀 아는 것처럼 느껴지기 시작해 마음이 느슨해지고, 박봉을 호소하기 시작한다. 이런 상황이 제일 안타깝다. 단시간에 배울 수 있는 것은 아무 것도 없는데, 단시간에 결과를 보고 싶어 하는 이들이 많아 안타까울 수밖에 없다.

또 한 가지 안타까운 점은 클라이언트와의 관계이다. 나는 항상 같은 클라이언트와 시즌을 거듭하여 작업을 할 때 더 많은 고민을 한다. 시즌마다 더 새롭게, 또한 디자이너의 콘셉트를 최대한 살릴 수 있는 패션쇼가 완성될 수 있도록 말이다. 긴장을 더 할 수밖에 없는 이유는 아홉 번 잘하고 나서 한 번의 실수가 여태 쌓아온 아홉 번을 망칠 수 있기 때문이다.

하지만 그렇게 노력을 함에도 클라이언트가 다음 시즌 다른 업체를 선택할 경우에는 어쩔 수 없이 난감함을 느끼게 된다. 금액, 친분, 기타 여러 이유로 다른 업체를 선택할 때는 내가 연출자로서 왜 이렇게 쓸데없이 에너지를 낭비하고 있는지 좌절할 때도 많다.

연출자도 패션쇼를 위한 중요한 한 부분의 프로로 받아들여지길 간절히 바란다. 그런 날이 올 것이라 믿고 난 오늘도 최선을 다해 열심히 달릴 것이다.

Thanks To...

이 일을 시작하게 무언의 압박을 해준

우리 회사 기획팀 모두에게 감사한다.

이들이 아니면 시작할 엄두를 내지도 못했을 것이다.

나는 내 자신이 드러나는 것을 싫어하는 사람이다.

항상 뒤에 있기를 원하는 내가, 이런 일을 할 수 있었던 것은

오로지 회사 전체 식구들의 응원 덕분이다.

기획팀 조우연, 나수연, 오정애, 서송은, 이철희, 배유리,

신경재……

이들의 든든한 뒷받침이 없었으면 용기내지 못했을 것이다.

이들과 함께한 3년의 시간들이 소중한 만큼,

앞으로도 같은 마음으로 전진하여 발전하는 패션 업계를 만들 것이다.

나와 DCM과의 인연을 만들어준

김충우 음악감독,

항상 나를 믿고 맡겨주시는 고은경 대표께도

감사의 말씀을 드리고 싶다.

또한 이 글을 쓰면서 내 자신을 뒤돌아 볼 수 있게 되어서

좋은 경험이 되었다.

담담히 과거를 추억해내는 작업을 통해 잃어버렸던 마음들을

다시 찾을 수도 있었다.

내가 패션쇼 디렉터를 그만두는 그날까지 처음 시작한 그 마음으로

항상 최선을 다할 것을 또 한번 다짐한다.

매번 패션쇼를 준비하면서 느끼는 것이지만

겸손함을 잊으면 안 되는 것이 우리의 직업인 것 같다.

연출을 하는 사람은 패션쇼마다 매번 다르게 접근을 해야 하는

사람들이다.

같은 무대, 같은 조명, 같은 음악, 같은 의상으로 패션쇼를

진행할 수 없지 않은가.

몇 번의 패션쇼 연출을 통해서 자만심이 든다면,

배움의 길은 없어진다는 나의 생각엔 변함이 없다.

나도 아직 배우고 있는 연출자임을 명심하고 있다.

항상 최선을 다하는 연출자가 될 수 있도록

겸손한 마음을 가지고자 한다.

패션쇼 디렉터의 꿈을 가진 이들이여……

파이팅!!!

늘 나의 패션쇼를 강렬한 카리스마로 이끌어주고 좋은 결과를 맺게 해 주었던 함유선 실장님. 그 열정으로 또 하나의 멋진 일을 해낸 걸 보면 감탄을 금할 길이 없군요. 멋쟁이 함실장님의 더욱 멋진 무대 연출을 기대해 봅니다. 파이팅!

디자이너 서은길

드디어 책이 출간되나 봅니다. 먼저 축하드립니다. 이 책이 연출자로서의 정확한 길이 없는 패션쇼 업계에 길잡이가 되어, 패션쇼 디렉터의 꿈을 꾸는 많은 이들에게 도움이 되길 바랍니다. 저희 또한 더 나은 환경을 만들기 위해 열심히 노력하겠습니다.

기획팀 조우연 팀장

항상 '언제쯤 출간이 될까?' 기다렸습니다. 책이 마무리되었다니 진심으로 축하합니다. 그동안 어려움과 힘든 나날을 보내면서도 직장과 가정 일을 멋지게 해낸 함유선 실장님의 이야기가 담긴 만큼 소중한 책이 되리라 믿습니다. 어느 쇼보다 멋진 작품, 기대하겠습니다!

패션쇼 뮤직 디렉터 김충우 실장

출간을 축하드리며!! 작년, 더운 여름부터 원고를 잡고 계시더니… 드디어 출간하게 되셨네요. 대구로 행사 가던 날 행사일정 때문에 짐도 많았는데 트렁크에 노트북까지 챙겨 오셨던 생각이 납니다. 5년 전에 패션쇼 연출 일을 해보고 싶어 관련서적을 많이도 찾았는데, 지침서가 별로 없

어 책 한 권을 보고 또 보고 했던 기억이 납니다. 이 일을 배우고 패션쇼만의 매력에 빠져 일한 지 5년 정도 되었습니다. 시행착오도 많이 있었지만 행사 후의 뿌듯함이 저를 항상 이끕니다. 이 책이 패션쇼 연출을 꿈꾸는 이들에게 좋은 지침서가 되었으면 하는 바람입니다. 저도 빨리 읽고 싶어요!

기획팀 나수연 대리

'Show! 끝은 없는 거야.
Show! 내가 만들어 가는 거야.
난 주인공인 거야. 세상이라는 이곳에서~!'
멋진 패션쇼를 만들기 위해서 지금 자신의 자리에서 최선을 다하고 있는 함유선 실장님 외 우리 팀원들 모두 모두 파이팅입니다!

기획팀 서송은 주임

패션쇼 디렉터를 꿈꾸는 모든 이들에게
항상 꿈을 실천하는 용기 있는 이들에게
자신의 삶을 즐겁게 만들어 가는 이들에게
이 책은 분명 큰 힘이 될 겁니다!

기획팀 오정애 주임

먼저 출간을 축하드립니다. 그동안 패션쇼에 관한 저서가 없었던 터라 많은 이들이 목말라 했을 텐데, 좋은 지침서가 될 수 있어 무엇보다 기쁜 마음이 앞섭니다. 앞으로도 좋은 활동 기대합니다.

아카데미 김성란 차장

패션쇼 디렉터라는 어둡고 험난한 길의 시작에 작은 등불과도 같은 책! 오래 기다렸습니다.

기획팀 이철희

DCM 카리스마 함유선 실장님, 책 출간을 축하드립니다. 패션쇼 디렉터를 꿈꾸는 이들에게 교과서가 되길 바랍니다.

기획팀 배유리

패션쇼 디렉터란 막연한 꿈을 가지고 있던 저에게, 꿈을 향해 한 발짝씩 다가갈 수 있게 해주시는 실장님 외 스텝들에게 감사드립니다. 꿈과 열정을 가진 사람이라면 꼭 한번 도전해 볼만한 멋진 직업임에 틀림없습니다.

기획팀 신경재

엄마에게……. 엄마 책 정말로 멋지다. 사람들이 많이 사줄 거야. 아주 잘 만들었어. 우리 엄마 대단해요~! 엄마! 파이팅~!

귀염둥이 지오가

함유선 실장님은 저에 대해 부족한 부분을 가르쳐 주시며, 이끌어 주시고, 모델 선배로서 모범이 되는 분이십니다. 닮아가고 싶은 분의 책이라 그런지 더욱 기대됩니다!

모델 조하얀

희망, 열정, 그리고 성공. 그것은 비단 그녀만의 인생 방정식은 아니었다. 가슴 속에 용솟음치는 그녀의 모든 것을 이 한 권의 책에 담기엔 부족하다.

모델 이상준

함유선은 진정한 프로페셔널이다. 항상 노력하고 있다는 걸 매번 쇼를 통해 느낀다. 지금은 냉철한 연출가이지만, 눈물이 날 만큼 인간적이기도 하여 평생친구로 두고픈 욕심나는 사람이다.

모델 노선미

본인의 개인시간까지 빼서 우리와 많은 시간을 보내고 또 우리의 고민까지 해결해 주시는, 친언니보다도 가까우신 분!

모델 김윤선

여자, 엄마, 선배님으로서…… 일을 할 때 진정으로 빛(힘이 느껴지는)나는 여자! 아이와 함께 있을 때면 세상에서 제일 강한 엄마! 또한 연륜이 느껴져 닮고 싶은 선배님! 출간을 진심으로 축하드립니다! 실장님^^

모델 강수희

패션쇼에 생명력을 주는 최고의 연출가이며 패션쇼를 즐기게 만들어주는 분!

모델 양재희

항상 웃음을 잃지 않고 쇼를 진행하시는 우리 실장님! 책 내신 거 축하드리구요. 항상 건강하세요.

모델 허보미

패션쇼를 지휘하라
ⓒ 함유선 2006

초판인쇄 | 2006년 10월 2일
초판발행 | 2006년 10월 9일

지 은 이 | 함유선
펴 낸 이 | 김정순
책임편집 | 심선영 성정석
펴 낸 곳 | (주)북하우스
출판등록 | 1997년 9월 23일 제406-2003-055호

주   소 | 413-756 경기도 파주시 교하읍 문발리 파주출판도시 513-8
전자메일 | editor@bookhouse.co.kr
홈페이지 | www.bookhouse.co.kr
블 로 그 | blog.naver.com/bookhouse1
전화번호 | 031-955-2555
팩   스 | 031-955-3555

ISBN   89-5605-158-5 03810

이 도서의 국립중앙도서관 출판도서목록(CIP)은 e-CIP 홈페이지(http://www.nl.go.kr/cip.php)에서
이용하실 수 있습니다.(CIP제어번호:CIP2006002002)